실패를 사랑하는 직업

실패를 사랑하는 직업

요조 산문

마음산책

실패를 사랑하는 직업

1판 1쇄 발행 2021년 1월 25일
1판 13쇄 발행 2025년 1월 5일

지은이 | 요조
펴낸이 | 정은숙
펴낸곳 | 마음산책

등록 | 2000년 7월 28일(제2000-000237호)
주소 | (우 04043) 서울시 마포구 잔다리로3안길 20
전화 | 대표 362-1452 편집 362-1451 팩스 | 362-1455
홈페이지 | www.maumsan.com
블로그 | blog.naver.com/maumsanchaek
트위터 | twitter.com/maumsanchaek
페이스북 | facebook.com/maumsan
인스타그램 | instagram.com/maumsanchaek
전자우편 | maum@maumsan.com

ISBN 978-89-6090-660-0 03810

★ 책값은 뒤표지에 있습니다.

모른다는 말로 도망치는 사람과
모른다는 말로 다가가는 사람.
세계는 이렇게도 나뉜다.

책을 쓰면서 수없이 반복하는 것은, 이상하지만 자기가 쓴 것을 다시 읽는 일이다. 계속 써나가기 위해, 갑자기 딴 얘기로 새지 않기 위해, 더 정확한 글로 완성하기 위해 조금 쓰고 읽고, 또 조금 쓰다가 읽는 일을 반복하며 자신의 글을 점검한다. 앨범도 마찬가지이다. 노래를 녹음하면서 동시에 수없이 반복하는 것은, 이상하지만 듣는 일이다. 실수가 없었는지, 표현하고자 하는 감정이 충분한지, 여러 개의 같은 소절 중 어떤 게 더 나은지 미세한 차이를 잡아내려고 내가 부른 노래를 듣고 또 듣는다. 잘 쓰기 위해서 그만큼 읽고, 잘 부르기 위해서 그만큼 듣는다.

이 책의 제목을 그렇게 받아들여도 좋다. '실패를 사랑하는 직업'이라는 말이 조금 어렵게 여겨진다면, 일단은, 성공을 더 잘 사랑하기 위해서 실패를 사랑한다는 말인가보다, 하고 생각해도 좋다. 그 해석이 전부는 아니지만 말이다.

책의 제목은 한 시에서 왔다. 나는 이 시를 읽을 때마다 꼭 우는데 그것과는 별개로 마음은 강아지처럼 되어 꼬리를 세차게 흔들며 시를 향해 마구 달려나가는 기분을 느낀다. 활자로 된 사랑하는 나의 친구 「음악에 부침」이라는 시를 써주신, 친구의 일부를 이 책의 제목으로 쓰는 일에 기쁨으로 화답해주신 박연준 시인께 쥐가 날 만큼 꼬리를 흔들어도 모자랄 감사함을 바친다(시의 전문은 책을 조금만 읽다 보면 늠름하게 등장할 것이다).

이 책에 쓰인 글들은 그 배경이 제각각이다.

서울 부모님 집에서 쓰다가 부암동 친구 집을 거쳐 홍대 작업실에서 쓰기도 했고, 제주 송당에서, 고성에서, 수산리 나의 책방에서 쓰기도 했다. 공연을 하러 가는 차 안에서, 서울과 제주를 오가는 공항에서, 비행기 안에서도 썼다. 뿐만 아니라 이 글들은 수많은 사람들로 완성되었다. 가족과 애인이 수시로 등장하고 친구와 팬, 동료 뮤지션, 동료 작가, 동네 이웃이 문장 속을 드나들었다.

나의 글쓰기가 이렇게 타지와 타인에 의지함으로써 가능할 수 있었다는 것은 '2020년'이라는 특수한 시절이 준 새삼스러운 깨달음이다. 이 책을 더 일찍 준비했다면 지금만큼 이 사실을 진지하고 숙연하게 생각하지 못하고 그저 당연하게, 아니, 당연하다는 생각조차 하는 일 없이 넘어 갔을 것이다. 걱정 없이 누빌 수 있었던 공간들 덕에, 자신의 귀한 시간을 기꺼이 내어준 사람들 덕에 나는 잊지 못할 추억의 순간을 얻었다. 그리고 그걸 그때그때 글자로 옮겨 적었더니 조용히 책 한 권 분량이 되었다. 나에게 이것은 책의 물성을 지녔으나 그동안 내가 공간과 사람들로부터 받아온 은혜가 담긴 따뜻한 용기처럼 느껴지기도 한다.

글을 쓰는 일뿐 아니라 읽히는 일에도 타지와 타인이 필요하다. 이 책이 어디에, 또 누구에게 도달하게 될는지, 이제부터 그것에 대해 열심히 꿈꾸고 또 힘껏 의지해보겠다.

2021년 1월
제주에서
요조

차 례

이 직업은 명백하게
멋이 있다

아름다움은
재미있다

옆에 서기

그날 나는 무대라는 것이
뒤통수 쪽으로도 있다는 것을 알았다.
그쪽에서는 어쩌면 내가
초라해 보이지 않을지도 모른다.

이 직업은 명백하게 멋이 있다

건강하고 튼튼한
예술가가 되는 법

어떻게든 더 예술가처럼 보이려고 안달복달하면서 이십 대를 보낸 것 같다는 생각이 든다. 다소 현실감각이 떨어지고 한창 겉멋에 취하는 나이라고 느긋하게 봐줄 줄 아는 관용이 내게 없는 것은 아니지만, 그리고 그런 철없고 무모한 태도가 역설적으로 이십 대를 인생에서 가장 빛나는 시절로 만들어주는 거라고도 생각하지만, 아무리 그래도 자기 자신의 이십 대를 마냥 너그럽고 흐뭇하게 봐주는 건 여간 어려운 일이 아니다. 그럼에도 그 유치한 시절을 소환해 꼭 이야기하고 싶은 예술가가 있다. 지난날을 빠르고 쌀쌀맞게 훑어보겠다.

나는 음악을 너무 사랑해서 번갈아 기타를 치며 노래하는 걸 즐기는 부모 밑에서 태어났다. 산울림과 유재하, 김정호와 장사익, 그리고 빅토르 최를 자주 들으며 자랐다. 노래라는 것을 한번 불러보자 싶은 호기가 생긴 것은 대학

에 입학하고 나서의 일이다. 그때부터 뮤지션이 되고 싶다
는 생각을 진지하게 하기 시작했다. 그 노력은 어떻게 하면
더 음악적 역량을 키울 수 있을지보다 어떻게 하면 음악하
는 사람처럼 보일지를 더 치열하게 고민하는 쪽으로 향했
다. 언제 어디서든 일단 예술가처럼 보이고 싶은 마음이 간
절했다. 지하철 안에서도, 식당에서 밥을 먹고 있어도, 누
구든 날 딱 보면 '세상에, 예술하는 사람이로구나!' 하고 바
로 알아차릴 수 있으면 좋겠다고 생각했다.

예술가란 모름지기 환상을 좇는 나약하고 불안한 존재
여야 한다고 이십 대의 나는 믿었다. 더 적극적으로 불안
한 존재가 되기 위하여 일부러 내 몸 알기를 우습게 알았
다. 아침에 일찍 일어나 규칙적으로 운동하고 영양제를 챙
겨 먹고 미국 사람처럼 인사하는 사람들을 멀리했다. 학교
도서관에서는 노상 비정상성으로 똘똘 뭉친 예술가의 삶
을 기웃거렸다. 그러다 반 고흐를 알게 되었다. 평생을 가
난하게 동생에게 빌붙어 지내다 정신병을 앓고 결국 자신
의 귀까지 자른 천재 화가. 안성맞춤이었다.

정작 그의 그림은 안중에도 없었다. 그저 그의 결핍과
귀를 자르는 기행이 보여주는 '예술가다움'에만 집착했다.
『반 고흐, 영혼의 편지』(예담)라는 책을 늘 들고 다녔다. 그
의 광기가 엿보이는 구절들에 밑줄을 그어가며 눈을 반짝

였다.

나는 스물일곱에 '요조'라는 이름으로 데뷔하는 데 성공했다(요조는 다자이 오사무의 소설 『인간 실격』의 주인공 이름인데 이 작가 역시 자살 시도를 여러 번 할 만큼 몸도 마음도 병약하기 이를 데 없어 그 당시 내 기준에 부합하는 예술가였다).

시간이 흐르면서 나는 예술가 역시 다른 직업들과 마찬가지로 그저 노동을 하는 사람이라는 사실을 알게 되었다. 예술가가 되고 나서는 내가 겉으로 보기에 예술가처럼 보이는지 아닌지에는 점점 관심이 없어졌다. 그저 모든 직업인이 그렇듯이 나 역시 부와 명예와 의미를 좇는 평범한 사람이 되었고 자연스럽게 고흐(로 상징되는 모든 것)는 나에게서 잊혀졌다.

10년도 넘는 시간이 지나 『반 고흐, 영혼의 편지』를 다시 찾아 들게 된 것은 내가 운영하는 책방이 있는 제주 성산읍 근처의 '빛의 벙커'라는 아트센터에서 열린 반 고흐의 전시 때문이었다. '빛의 벙커'는 900평 크기의 콘크리트 건물로, 미디어 아트를 체험할 수 있는 전시 공간이다. 나는 그전 해에 프랑스에 갔다가 우연히 클림트의 작품으로 선보이던 오리지널 전시를, 문자 그대로 넋을 잃고 본 경험이 있다. 심지어 그 당시 프랑스로 떠나기 직전 읽은 책도 의도치 않았지만 『클림트』(아르테)였다. 작가를 대충 알고 보는 전시와 많이 알고 보는 전시가 얼마나 다른지 나는 그 때 제대로 알았다. 그때 이후로 나는 모든 전시를 보기 전에, 모든 여행을 떠나기 전에, 모든 모르는 사람을 만나기 전에, 모든 모르는 음식을 먹기 전에 미리 조금이라도 더 알아보려고 노력하는 사람이 되었다. 사전 정보 없이 냅다 부딪히는 좌충우돌을 즐기며 살던 버릇을 완전히 바꿔버릴 만큼 엄청난 깨달음이었던 것이다. 한국의 '빛의 벙커'에서 선보이는 반 고흐의 전시를 앞두고『반 고흐, 영혼의 편지』를 다시 읽은 것은 그러므로 당연한 절차였다.

그런데 오랜만에 다시 펼친 그 책 속에는 이십 대 시절 보았던 반 고흐와는 완전히 다른 사람이 있었다. 충동적이고 방탕하고 파괴적이고 물감을 먹거나 귀를 자르는 등 자기 신체를 훼손하기 좋아하는 고흐가 아니라 동생 테오에게 평생 돈을 얻어 쓰는 자신의 처지에 대한 미안함에 어쩔 줄 모르는 고흐가, 자기의 모든 것을 그리고 또 그리는 데 바치는 성실한 고흐가, 그림을 그리는 일에 방해가 되는 자신의 정신병을 무척 고통스러워하는 가여운 고흐가 말이다. 그중에서도 예전의 내가 조금도 알아차리지 못했던 가장 놀라운 모습은 바로 자신의 예술을 확신하는 고흐였다. 고흐는 테오에게 쓴 편지 속에서 이 그림 세 점을 집에 두고 팔지 말라고, 시간이 지나면 500프랑의 가치를 갖게 될 거라고 말했다. 뿐만 아니라 자신의 그림의 가치를 훗날 다른 사람들이 알게 될 날이 올 거라는 말도, 이 시련을 계속 버텨낼 수만 있다면 언젠가는 승리할 것이라는 말도 했다.

　지금은 온 세계가 사랑하는 예술가라는 사실이 분명하기 때문에 당연하게만 읽히는 이 문장들을, 1800년대로 돌아가 꼬질꼬질하고 비루한 행색을 하고 있는, 누군지도 모르는 어떤 예술가에게 직접 듣게 된다면 난 과연 그 말을 믿을 수 있을까. 그리고 내가 그 시절 고흐라면, 과연 이렇게 말할 수 있을까. 매일 그리는데, 정말 매일같이, 내 전부를 바쳐가면서 그리고 있는데 아무도 알아주지 않고 좋아해주지도 않는 삶 속에서 이렇게 담대하게 확신할 수 있을까. 할 수 없다. 절대로 할 수 없다. 그것은 요조로 살고 있는 현재에 비추어 생각해도 마찬가지이다. 나는 단 한 사람의 악플에도 순순히 수긍하며 고개를 끄덕이기 때문이다. 당신의 음악이 구리다, 당신의 글이 구리다 폄하하는 사람에게 나는 언제나 동의해왔기 때문이다. 그러나 고흐는 아무도 믿어주지 않는 세상에서 홀로 자신을 확신했고, 동생 테오는 형을 믿었다. 분명히 형은 생전에 성공을 거두게 될 거라고, 일부러 나서지 않더라도 그림들의 아름다움 때문에 형의 이름은 저절로 알려지게 될 거라고 테오는 답장했다.

나는 어두운 바닥에 등을 기대고 앉아서 형제가 나눈 건강하고 튼튼한 확신들을 생각하며 그의 그림이 전시장 안을 종횡무진하는 것을 망연하게 바라보았다. 얼마나 시간이 흘렀을까. 고흐의 최후작 중 하나로 알려진 〈까마귀가 나는 밀밭〉이 온 공간을 압도했다. 나는 이제 전시가 끝났음을 직감했다. 그는 이 그림을 그릴 때 몸이 너무나 쇠약해진 나머지 붓이 손가락에서 떨어져 내릴 것 같았다고 말했다. 겨우 붓 하나를 움켜쥐는 것조차 힘들었으면서 어떻게 저렇게 호랑이 같은 밀밭을 그려낼 수 있었는지 도무지 나는 이해가 되지 않는다. 고흐는 다만 알고 있다고 말했다. 자신이 원하는 걸 정확히 알고 있었다고. 그래서 이 그림을 그릴 수 있었다고.

나는 이제 옛날에 내가 열심히 피하던 종류의 사람이 되어 있다. 꾸준하게 운동하고, 영양제도 먹고, 인사도 미국 사람처럼 한다. 그러나 아무리 노력해도 고흐만큼 건강하고 튼튼한 사람이 될 수는 없을 것이다. 그는 너무나 너무나 건강하기 때문에 오늘날까지도 펄펄하게 살아 있다. 우리 중 아무도 그의 죽음을 보지 못할 것이다.

겁쟁이 음악가의
친구

공연하러 가는 차 안에서 이 글을 쓴다. 올해 들어 첫 공연이다. 코로나19 때문에 공연을 하지 못한 채 한 해를 보낸 뮤지션들이 적지 않을 것이다. 그런데 나의 경우 한 해가 저무는 마당에서야 첫 공연을 하게 된 것은 코로나19와 거의 관계가 없다고 해도 무방하다. 나로 말할 것 같으면 코로나바이러스가 세상에 존재하지 않았던 작년에도 자잘한 행사가 아닌 내 이름을 걸고 했던 공연은 딱 한 번뿐이었다 (내 기억이 맞다면 말이다). 굳이 코로나19든 뭐든 핑계 댈 것 없이 확실하게 한가한 음악가인 것이다.

책방을 시작하게 된 이후로 조금씩 음악가로서의 자신이 투명해지고 있다. 책방을 운영하던 첫 해의 이야기가 담긴 나의 책 『오늘도, 무사』(북노마드)에는 그런 정체성의 혼란에서 오는 괴로움이 적혀 있다. 음악가로서 지켜내고 싶은 말랑말랑한 마음이 (재고 정리로서의) 책과 씨름하고 무례한 타인들을 상대하며 점점 딱딱해지는 것에 대한 불안감이나 노래가 안 써진다고 애인 앞에서 밥 먹다가 눈물 바람 한 이야기 같은 것들.

얼마 전 책방은 햇수로 6주년을 맞았다. 그사이 나는 앨범을 겨우 한 장 냈고, 대신 다섯 권의 책을 썼다. 나는 이제 밥을 먹다가 곡이 안 써진다고 눈물을 흘리는 대신 곡이 안 써지는 속상함을 이렇게 원고로 쓴다. 그러면서 마음의 헛헛함도 고료도 알뜰살뜰 챙기는 살림꾼이 되었다. 어딜 가도 뮤지션 요조입니다, 하고 스스로를 소개하지만 대체로 하는 일은 언제나 음악가의 일이 아니라 작가 혹은 책방 대표의 일이다. 이것이 아주 가끔 태만하게 여겨질 때가 있다. 뮤지션이라는 명찰을 그렇게 포기 못 하면서 왜 곡은 쓰지 않는 거야? 라는 질문이 뾰족하게 나를 겨냥하는 것을 발견한다. 그때마다 나에게조차 잘 안 들릴 만큼 작은 목소리로 대답한다.

"겁나서."

얼마 전 주변에 조심스럽게 공표라는 것을 했다. 앨범을 준비해보겠다고. 금연이나 다이어트에 성공하기 위한 효과적인 방법 중 하나가 여기저기 떠벌리는 거라고 했다. 그럼 창피해서라도 그 결심을 지키게 된다고. 나 역시 그것을 노렸다.

요즘은 노상 하는 일이 노랫말을 써보려고 노트를 펼쳐 놓고는 펜으로 계속 지면을 쿡쿡 쪼는 것이다. A4용지 두 장 세 장을 어떻게 글로 다 채우라는 말인지 청탁이 들어올 때마다 눈앞이 캄캄하던 때가 엊그제 같은데 이제는 고작 몇 줄의 노랫말을 쓰기 위해 쩔쩔매고 있다.

너무나 좋아하지만 가끔만 들여다보는 시가 있다. 왜 가끔만 들여다보느냐면 그 시를 읽을 때마다 내가 너무 많이 울기 때문이다. 그리고 그 시를 읽을 때마다 너무 많이 우는 내가 너무 좋기 때문이다. 이 시를 너무 자주 들여다보다가 조금도 울지 않는 불상사가 일어나서는 안 되겠기에 나는 이 시를 자주 생각하지만 아주 가끔만 찾아 읽는다.

보고 싶어 견딜 수 없어 이 시를 찾을 때 나의 이름은 '루시'가 된다. 흰 구두도 없고 휘파람도 못 불지만 이때만큼은 '흰 구두를 신고 휘파람으로 낡아가며 걸어가는' 루시가 된다. 한 해의 끝자락에서 바야흐로 한 해의 첫 공연을 하는 루시는 공연하러 가는 차 안에서 보물 같은 눈물을 뚝뚝 흘리며 친구를 만난다. '루시, 난 겁 안 나. 나 여기 있어'라고 말하는 그의 손을 꼭 잡고 있다.

루시가 생각하는 가장 구제불능의 인간은 어린 왕자가 여행 중 만난 술 마시는 아저씨이다. 그 아저씨는 하루 종일 술을 마신다. 괴롭기 때문이다. "왜 괴로운가요?" 그렇게 묻는 어린 왕자에게 아저씨는 술을 마신다는 게 괴롭다는 뒤통수 한 대 쥐어박고 싶은 이유를 댄다. 그 아저씨와 같은 사람이 되어서는 안 된다고 루시는 생각한다. 겁이 난다는 사실이 겁이 나고 그 겁이 또 겁나서 아무것도 하지 않는 사람이 되어서는 안 된다.

루시는 여전히 겁이 나. 그러나 겁이 난다는 사실은 하나도 겁 안 나. 루시는 지금 아주 용감하게 겁이 나. 그 마음으로 오늘 노래해볼게.

공연장으로 가는 길은 구름 때문에 맑아졌다 흐려졌다 다시 맑아졌다.

흰 구두를 신고
휘파람으로 낡아가는
저기 루시가 걸어간다
루시!
루시!

몸으로 말해야 한다면
두려움 없이 시작해야 한다면

루시,

난 겁 안 나

그게 뭐가 중요하니

패배를 사랑하는 건 우리의 직업병

웃다가 쓸쓸해지는 건 얼굴이 미래를 보았기 때문

아주 커다란 원을 그리다 지치고 싶다

하늘에서 매미들이 다 쓴 날개를 떨어뜨리고

투명한 죽음들로 무거워지는 여름

우리의 밤이 모여 백야를 낳고

종이다!

흰 종이다!

글자들이 뛰어내리고

신발을 잃어버린 발들이 멀리서 걸어오고 있어

그들을 기다리자

힘이 센 혀가 그늘을 걷어내려다

한꺼번에 무너진다 해도

무너져, 흐른다 해도

물결치는 그늘과 파도치는 벽을

차고! 넘어!

노래해

중요한 건

칼이 진정으로 날카로워

문장들이 겁에 질리는 거야

그 짓을 오래 하다 나자빠진 저녁,

그게 시인이야

루시,

난 겁 안 나

나 여기 있어

굴뚝

얼굴

입김이

내 집이야

박연준, 「음악에 부침—낙원악기상가를 떠도는 시인, 루시에게」[*]

[*] 『베누스 푸디카』(창비, 2017), 40~42쪽

시는 언제나 어렵고
그것은 나에게
아주 쉬운 일이다

완독한 책을 기록해둔다. 아주 오랫동안 하고 있는 일이
다. 그 책의 목록 중에 시집은 없다. 나는 여태 시집을 읽어
오면서 몇 번을 거듭 읽어도 끝끝내 그것을 완독했다는 기
분을 느낀 적이 없다. 종종 다 읽은 책을 중고 서점에 판다.
그런 책 중에도 시집은 없다. 완독한 적이 없기 때문이다.
수학 문제집을 들여다보듯이 시집을 보기도 한다. 읽는 것
이 아니라 푸는 것이 된다. 정답을 맞히는 것보다 더 중요
한 것은 정답을 찾는 과정이라고, 답을 틀려도 된다고, 그
과정에서 나오는 너의 오류들에 주목하라고, 고3 때 수학
과외를 받으며 선생님에게 들었던 그 말을 똑같이 내가 나
에게 하면서 연필로 영 모르겠는 부분을 체크하고 오답 노
트를 착실하게 작성한다. 그렇게 체크했던 단어 중에 어떤
단어는 거듭해서 복습하다가 마침내 노랫말이 되기도 했
다. 이런 경험을 하고 나자 직장 다니는 사람들이 더 유능

한 인재가 되기 위해서 경영 서적들을 탐독하듯이, 나에게 있어 시집도 실용 서적이 되었다. 시적인 상태를 유지하는 일은 음악가로서 준수해야 할 직업 윤리 같은 거라고 보아야 한다. 지키려 노력하지만 마음먹은 대로 잘되지 않는다. 점점 잘 안 된다.

시를 좋아한다고 말할 때마다 매번 시를 써보라는 권유를 받았던 것 같다. 너는 노랫말을 쓰잖아. 시도 노래잖아. 다들 간단하게 말했고 나도 간단하게 생각했다. 그렇지만 그건 조금도 간단한 일이 아니었다. 나는 똑똑해서 바로 알 수 있었다. 가끔 시는 옷을 바꿔 입고 노랫말로 변신한다. 그런 일을 잘하는 음악가도 있다. 예전에 송창식 아저씨를 만난 적 있다. 아저씨에게 여쭈었다. "서정주 시인의 「푸르른 날」에 어떻게 멜로디를 입히셨어요. 어렵지 않으셨나요." 아저씨는 그게 뭐 그렇게 대단한 일이냐는 듯이 자신은 그냥 그 시 안에 들어 있는 멜로디를 꺼낸 거라고 말씀하셨다. 나는 오랫동안 노랫말을 지어본 입장에 기대 시를 써보겠다고 만만한 마음으로 덤비거나 시가 품은 음을 발견해서 노래로 만들어볼 엄두는 내지 않고 있다. 그저 방황하다가 정신 차린 삼수생처럼 시집을 묵묵히 풀기만 할 뿐이다.

시와 나의 사이가 언제나 원만하진 않다. 내가 '사이'라고 말하는 것이 약간 웃기더라도 이해해주기를 바란다. 마치 누가 "요즘 둘이 안 싸우고 잘 지내?" 하고 물어보기라도 한 것처럼 '사이'라는 말이 시를 이야기할 때 내게서 자주 튀어나온다. 나는 다른 장르의 책을 대하면서 그들과 나와의 관계성을 의식해본 적이 없다. 나는 나고 책은 책이고 나는 그냥 그것들을 단순 도구로 취하여 읽는다. 거기에 관계라고 할 것은 딱히 없다. 그런데 시와는 그렇지가 않다. 시와 사이 좋을 때가 있다. 그러다가도 나는 자주 시에 짜증이 나고 정나미가 떨어진다. 꼴도 보기 싫어서 한동안 거들떠보지도 않는다. 그러다 갑자기 미안함인지 야속함인지 갑자기 코끝이 당기면서 생각이 나고 그립다. 혼자 북 치고 장구도 치는 꼴이다.

예전에 즐겁게 읽었던 어느 에세이가 있다. 그 에세이의 작가님은 자신의 아주 친한 친구와 자주 절교를 한다고 적었다. 시간이 지나면 화해하고 그 뒤에 사소한 일로 또 절교하고 그런 식으로 우정을 나누고 있다고 말이다. 어쩐지 나와 시도 비슷한 관계를 반복하고 있는 것처럼 여겨졌다. 그렇다면 나는 시와 우정을 나누고 있는 것일까. 나는 시와 아주 친한 친구일까. 시와 노랫말이 겉으로 보기에 비슷해 보여도 같지 않듯이 이 경우 역시 알 수 없는 일이다. 예전부터 소망에 대한 질문을 받을 때면 시적인 사람이 되고 싶다고 대답했었다. "시인이 아니라 시적인 사람이 되고 싶다고요?" "네." "시적인 사람이 구체적으로 뭔가요." "지는 사람요." 이런 대화를 하곤 했다. 그러나 아까 말했듯이 시적인 상태가 되는 것은 점점 어려워진다. 지는 사람이 되고 싶다고 했지만 사실은 언제나 이기고 싶다. 그래서 늘 지는 사람이 아니라 져주는 사람밖에 되지 못한다. 시는 언제나 어렵고 그것은 나에게 아주 쉬운 일이다.

너의 이름에
바칠 수 있는 코드

　음악가는 멋이 있는 직업군이라는 데에 동의한다. 근사한 부클릿을 살펴볼 때, 때 빼고 광낸 한 곡 한 곡을 두근두근한 마음으로 들을 때, 무대 위에서 노래하거나 연주하고 있는 음악가의 눈빛이나 집중하기 위해 만드는 미간의 주름 같은 것을 볼 때, 이 직업은 명백하게 멋이 있다고 음악가인 나조차 뻔뻔하게 수긍한다.

　그러나 '모든' 음악가가 '언제나' 멋질 수는 없다. 어떤 음악가는 작업 과정의 대부분이 한심함에 가까운 무위로 이루어질 때가 많다. 음악가라고 하기에는 기본기가 너무 허술한 경우도 있고, 심지어 자신을 음악가라고 해도 되는지 스스로에 대한 의심을 멈추지 못하는 음악가도 존재한다. 나는 그런 멋있다고는 할 수 없는 일면을 가진 음악가를…… 일단은 두 명 알고 있다. 당연하게도 그중 한 사람은 나이고 나머지 하나는 '시와'라는 애다.

서울 부암동, 여행작가 김남희의 집에서 한 달 살이를 한 적이 있었다. 그분은 어디론가 긴 여행을 떠나 계시던 참이었고 곡을 쓰고 싶었던 나는 제주도의 책방을 잠시 애인에게 맡기고 김남희 작가의 빈집에 머무르면서 어떻게든 곡을 써보려고 애를 쓰고 있었다.

문제의 그날은 참으로 날씨가 좋았다. 며칠을 집에서 물과 맥주와 편의점 떡볶이를 데워 먹으면서 연명하던 나는 날씨가 너무 좋아서 일단 밖에 나와보았다. 그리고 근처의 한 허름한 식당에 적힌 김치찌개란 글씨를 발견하고 김치를 먹기 위해 그 안에 들어갔다. 한국인은 모름지기 김치를 먹어야 힘을 낸다는 고리타분한 메시지를 요즘 세상에 누가 믿는가?

바로 나다.

그 식당은 장사를 하는 곳이 맞나 싶을 정도로 어수선한 분위기였다. 곧 이사 갈 것처럼 보이기도 했다. 정말 궁금해서 식사가 되는지 물어봤고 아주머니는 그렇다고 했다. 김치찌개는 기가 막힐 만큼 맛이 없었지만 나는 한국인이고 김치를 먹었으니까 힘이 날 거라고 믿었다.

이제 점심 때가 막 지났고 나는 밥을 먹고 나왔는데 더 이상 갈 데가 없어서 난처했다. 다시 김남희 작가의 집으로 돌아갈까 하다가 마음을 바꿔 식당 바로 옆에 있던 카페에 들어갔다. 밖에서 볼 때는 모르는데 입구에 들어서는 순간 앗 뭐야 여기 되게 작은 곳이네, 하고 깨닫는 재미가 있는 한 뼘짜리 카페였다. 아이스커피를 주문하고 앉아 입구에 쏟아지는 빛을 보고 있었다. 계속 그 빛을 보고 있었다. 얼마나 시간이 흘렀는지 알 수 없게 빛을 보고 있었다. 그리고 시와가 난데없이 그 빛을 뚫고 카페에 들어섰다. 앗 뭐야 여기 되게 작은 곳이네, 하고 생각하는 얼굴로 들어서는 시와와 나는 곧 눈이 마주쳤다.

나는 그때 "뭐야?"라고 했던가, "왜 왔어?"라고 했던가. 시와도 갑자기 내가 보이자 반갑다기보다는 제주 산다는 애가 여기에 왜 있는가, 라는 눈빛으로 나를 보았다. 그러고는 엉거주춤 옆에 앉았다. 이 작은 카페에서 마주치는 놀라운 우연에 우리 둘 다 약간의 충격을 받아서 잠깐 동안 정적이 흘렀다. 이 정적을 무너뜨리기 위해 얼마 전 결혼한 시와에게 신혼 생활에 대해 좀 물어볼까 하다가 참았다. 만나는 사람마다 결혼 생활은 어떠냐고 물어봤겠지. 생각만 해도 피곤한 일이었다. 시와도 나에게 책방에 대해서 조금도 물어보지 않았다. 아마도 속으로 만나는 사람마다 책방은 잘되냐고 물어봤겠지, 생각만 해도 피곤하다, 라고 생각하고 있었을지도 모른다.

시와는 음악가 조동희 언니의 생일 파티에 참석하려고

부암동을 찾았다고 했다. 그런데 너무 일찍 오는 바람에 근처 아무 카페나 들어온 것이었고 거기에 내가 있어 깜짝 놀랐다고 했다. 나는 혼자서 조용히 곡 작업을 할 수 있는 공간이 필요했고 마침 여행 중인 김남희 작가의 배려가 있어 얼마 전부터 그분의 집에서 지내고 있다고 했다. 그리고 곡이 안 써져서 죽겠다고 말했다. 정말 죽겠다고 꼼꼼하게 말했다.

보통 나는 나의 힘든 이야기를 너무 자세히는 말하지 않으려고 노력하지만 시와에게는 어쩐지 잘되지 않는다. 힘들다는 말을 한 땀 한 땀 할 수 있는 유일한 사람인 것도 같다. 왜일까, 시와에게는 매번 그렇게 된다. 나만 그런 게 아닌 것 같다. 힘든 사람들이 모인 곳에 늘 이 애가 있던 것을 몇 번이나 보았으니 말이다. 시와라는 이름은 언제나 따뜻한 피드백이 돌아오는 포털사이트 같고, 나 역시 그 검색창에 대고 아무거나 막 쳐도 된다고 여기곤 했다.

넋두리가 끝나자 시와는 나에게 '마법의 코드'를 알려주겠다고 진지하게 말했다.

"그게 뭐야?"

내가 물었다.

"보사노바에 자주 등장하는 코드라고 하는데, 아는 사람한테 배웠어. 네가 좋아하는 내 곡 〈완벽한 사랑〉 있잖

아. 그 곡도 마법의 코드로 만든 곡이야."

"무슨 무슨 코드인데?"

"코드 이름은 나도 모르지."

시와는 너무 떳떳하게 모른다고 말했다. 대신 코드 짚은 손 사진이 있어, 보내줄 테니까 흉내 내서 따라 쳐봐, 영감이 올 거야, 하면서 시와는 사진 네 장을 내 핸드폰으로 전송해주었다.

"야, 쳐보기도 전에 벌써부터 너무 용기가 나!" 내가 말했다.

'마법의 코드'도 선물받았으면서 내내 아무 곡도 써내지 못하는 사이 시와는 새 앨범을 완성했다는 소식을 전해왔다. 들어봐달라고 보내준 파일 안에는 자그마치 열 트랙이나 들어 있었다. 첫 곡은 이렇게 시작했다.

　갖고 싶어 새로운 이름

　다르게 살아보고 싶어

나는 조금 당황했다. 이런 이야기가 시와에게서 나올 줄은 조금도 짐작하지 못했기 때문이다. 시와가 아닌 이름을 가지고 싶다는 첫 번째 이야기가 끝나고, 눈을 크게 뜨고 멋진 사람들을 두리번거리고 있다는 두 번째 이야기가 흘

러나왔고, 진짜 시와를 찾기 위해 책을 읽고 꿈도 들여다
보는 이야기가, 그런데도 아무것도 모르겠다는 이야기가
이어졌다. 누구든 안아주고 이해해주는 광대한 '시와'라는
이름 안에서 정작 자신은 자기를 이해하는 것이 이렇게 버
거웠다니.

이것은 시와가 시와 아닌 것이 되는 데에 실패한 앨범이
었고 그래서 역설적으로 너무나 시와다운 앨범이었다. 나
는 아무것도 하지 않고 (못하고) 딱딱하게 앉아서 차례대로
노래를 들었다. 이름 몸살을 앓는 사람의 침착한 음색을
들으며 덩달아 몸이 뻐근해져왔다. 마지막 트랙 〈다녀왔습
니다〉를 들으면서 겨우 몸의 긴장을 풀 수 있었다.

오랫동안 떠돌다 돌아왔어요
다녀왔습니다

영영 떠나버릴 것 같은 화자의 아슬아슬한 이야기가 다
녀왔다는 말로 끝나 '일단은' 안심이었다. 그러나 나는 시
와를 알게 된 후 처음으로 그 이름을 가지고 사는 일의 깊
은 피로에 대해서 알게 됐다. 그리고 그것을 위해 내가 그
동안 해준 것은 아무것도 없었다는 것도 알았다.

내가 줄 것은 없는지를 내내 생각하고 있다. 이 앨범을

들으며, 시와의 마음속 밑그림을 들여다보면서, 시와의 한계이자 시와의 가능성을 고민하면서, 어떻게 도울 수 있을지를, 시와가 내게 그랬던 것처럼 내가 시와라는 이름에게 어떤 코드를 알려줄 수 있을지를.

아침의
저주

최근 새삼스럽게 나의 부끄러운 첫 번째 책을 열심히 팔고 있다. 2013년도에 발간된 『요조, 기타 등등』(중앙북스)이라고 하는 악보집이자 에세이집, 화보집이다. 이 책은 얼결에 쓰게 되었다. 출판사로부터 내 악보집을 내겠다는 통보를 갑작스레 받았고, 기왕 그런 책이 나올 것이라면 그냥 악보만 수록할 것이 아니라 곡마다 짧은 사연을 덧붙이는 것은 어떻겠느냐고 내 쪽에서 역제안을 했고, 그러다가 비현실적으로 잘 나온 내 사진도 군데군데 넣게 되고…… 뭐 그렇게 나오게 된 책이다. 현재까지 그 책은 2쇄를 넘기지 못했다. 얼마 전 출판사에 연락했을 때 책의 재고가 70권도 안 남았으며 3쇄 예정은 없다는 답변을 들었다. 오랫동안 창고 안에 방치되면서 표지가 바랜 책도 여럿 있는 것 같았다. 햇빛이 강하게 내리쬘 일도 바람이 불어닥칠 일도 없는 고요한 창고 안에서 기어이 표지가 흐려지고 있다는 게 기분이 좀 이상했다. 생명이 있는 것도 아닌데 그들은 어떻게 아무도 자기를 찾지 않는다는 것을 눈치채고 알아서 순순히 스스로를 지우고 있었던 건지.

나는 남은 책들을 전부 구입했다. 그리고 난 후 내 책방에서 이 책은 이제 더 이상 어디서도 구할 수 없는 레어 아이템이라는 가증스러운 수법으로 판매하기 시작했다. 그리고 정말 오랜만에 나도 그 책을 다시 펼쳐 뭐라고 썼는지도 가물가물한 옛날 글을 읽어보았다. 당시 만나던 애인을 떠올리면서 썼던 영원한 사랑이 어떻고 하는 감당 안 되는 페이지들을 서둘러 넘기다가 〈나의 쓸모〉라는 노래에 부연한 글에 시선이 오래 머물렀다. 아침마다 우울감에 시달리는 일에 대해서 멋 부려 쓴 글이었다. 민망하지만 옮겨 적어보겠다.

하루 중에 가장 힘든 시간이 자기 전인 사람도 있을 것이다.

막막한 다음 날이 두려워 벌벌 떨면서 잠이 들지도 모른다.

자기 전 항상 술을 마셨다.

순진하게 취해서 다음 날 같은 것을 아예 모르는 채 잠이 들었다.

다음 날 아침에 눈을 뜨면 모든 것을 처음부터 다시 알았다.

그래서 나에게 하루 중 가장 힘이 드는 순간은 아침이었다.

몇 시고 간에 눈을 뜨는 순간을 아침으로 치기로 한다면.

시린 눈을 게슴츠레 뜨고 꿈벅이고 있으면 내 방의 천장이 모든 것을 알려주었다.

내가 누구인지, 지금이 언제인지.

여기까지가 5, 6초 정도 걸리는 것 같다.

그러고 나면 가장 무서워하는 순간이 드디어 된다.

와르르 무너진다.

전날 내가 뭘 쌓아올린 것도 아닌데 아무튼 뭔가가 한 번에 무너진다.

잠을 깼으므로 이미 늦었다고 생각하면서도 다시 눈에 힘을 주어 감는다.

마음이 아픈 건데 실제로 가슴 부위가 아프다.[**]

아침에 눈을 뜨면 졸음보다 우울감을 떨치는 일을 먼저 하곤 했던 옛날과 다름없이 난 요즘에도 아침에 눈을 뜨고 나면 한동안 기분이 무겁고 쉽게 짜증이 나는 저기압 상태일 때가 많다. 늘 이상하다고 생각하지만 그렇다고 원인을 알 수 있는 것도 아니라서 나로서는 최대한 아침에 일찍 일어나는 것으로 디폴트 우울값을 낮춰보려 노력한다. 가뜩이나 잠에서 깨어나면 이유 모를 우울감에 사로잡히는데

[**] 『요조, 기타 등등』(중앙북스, 2013), 149쪽

해가 중천일 때 눈을 뜨면 정말로 화가 나서 견딜 수 없어
지기 때문이다. 아무리 늦게 잠이 들어도 오전 9시를 넘기
지 않는 것이 나의 기준이다.

그날은 새벽 2시 넘어 자는 바람에 아침 8시 반에 겨우
일어났다. 잠을 깨는 방법으로 트위터 타임라인을 훑곤 했
는데, 얼마 전부터는 영어 공부를 하면서 잠을 깬다. 간단
한 회화 문장을 반복해서 말하게 하는 어플을 다운 받았
다. 비몽사몽간에 그걸 켜놓고 다소 과잉되게 발음하는
영어 문장을 시키는 대로 따라 하면서 정신을 차린다. 오
늘의 문장은 '오늘 밤에 뭐해?'였다. 'What are you up to
tonight?' 나는 전날 밤에 치다가 베개 옆에 세워둔 기타를
향해 눈도 제대로 못 뜬 채 짜증스럽게 잠긴 목소리로 왓
아 유 업 투 투나잇, 하고 물었다.

침대에서 벗어나자마자 뚱한 얼굴로 빨랫감이 가득 들
어 있는 빨래 통을 안아 들고 문을 열었다. 내가 지내고 있
는 서울의 거주지는 건물의 꼭대기에 있는데, 이 건물은 게
스트하우스로 쓰이고 있어 세탁기와 건조기를 공동으로
사용하고 있다. 계단을 내려가 빨랫감을 세탁기에 넣어 돌
리고 다시 방으로 돌아왔다.

간단하게 방 정리를 하고 어질러진 책장도 정리하다가
(대부분의 책장 정리하는 사람들이 그렇듯이) 어떤 책 한 권에

갑자기 꽂혀 바닥에 앉아 읽느라 빨래 중이라는 사실을 잠깐 잊었다. 뒤늦게 생각이 나서 서둘러 다시 내려가보았더니 세탁기에서는 다른 거주인의 빨래가 돌아가고 있었고 세탁이 끝난 내 빨래는 옆 건조기 안에서 빙글빙글 돌아가고 있었다. 나는 건조기 사용하는 것을 별로 좋아하지 않는다. 섬유의 수축이 심해져 옷이 망가지기 십상이기 때문이다. 에너지 소비 차원에서도 내키지 않고 말이다. 왜 묻지도 않고 마음대로 건조기를 돌려, 선의를 베푼 죄 없는 그 거주인에게 짜증이 났다. 서둘러 건조기 전원을 끄고 문을 열었다.

건조기 안은 난장판이었다. 내 빨랫감 주머니 안에 미처 확인하지 못한 휴지 뭉치가 있었던 모양인지 갈가리 찢긴 휴지들이 빨래들과 함께 나뒹굴고 있었다. 뿐만 아니라 천 주머니에 넣어 세탁 세제 대신 사용하는 소프넛들도 천 주머니를 죄다 탈출하여 휴지 쪼가리들과 함께 정다운 상황이었다. 뜨거운 건조기 안에 팔을 집어넣어 빨랫감과 소프넛 조각과 휴지 조각을 하나하나 끄집어내는데 욕이 염불처럼 중얼중얼 흘러나왔다. 옥상으로 다시 올라가는 내 발걸음 하나하나, 빨래 건조대를 펼쳐 세우고 건조되다 만 빨랫감들을 팡팡 털어 너는 동작 하나하나에 일일이 성질을 담아 임했다.

내가 머무는 건물과 딱 붙어 있는 바로 옆 건물의 옥상은 어떤 유치원의 놀이터로 사용 중이다. 마침 아이들이 노는 시간인지 그곳은 마치 저녁 시간대의 포장마차처럼 와자지껄했다. 조막만 한 애들이 미끄럼틀과 그네로 정신없이 오가며 내지르는 고성을 들으면서 나는 옷감에 붙은 자잘한 휴지 조각을 하나하나 뜯어내고 있었다. 그러다 그 고성들 틈으로 어떤 여자애가 소리치는 것을 들었다.

"와, 저기 아줌마가 빨래 널고 있다!"

휴지를 뜯어내다 말고 천천히 고개를 옆으로 돌렸다. 와자지껄한 아이들이 일순 모두 나를 바라보고 있었다. 그 가운데 나를 손가락으로 가리키며 유난히 환하게 웃는 애가 있었다. 너로구나. 감히 아침의 사자를 건드려? 그 애를 노려보았다. 그 애가 나에게 손을 흔들었다. 나도 그 애를 노려보며 천천히 손을 흔들어주었다. 한참 손을 흔들어주고 있는데, 거짓말처럼 짜증이 사라지고 기분이 좋아졌다.

아침의 저주가 끝나고 한낮이 시작되고 있었다.

아름다운 것을
무서워하는 일

"너 이제 별 안 무서워?"

2007년 초가을, 제주의 한 해변가 모래사장에 누워 하늘을 뚫어져라 보고 있는 나에게 K가 물었다. 공연을 마치고 숙소에서 술을 좀 마시다가 동료들과 바람을 쐬러 나온 밤. 하늘에 별이 무척 많았다.

"안 무서워."

나는 여전히 하늘에 시선을 고정한 채 말했다. K는 그런 나를 물끄러미 바라보다가 말했다.

"수현이가 좋은 것을 선물하고 갔네."

나는 별을 무서워하는 어른이었다. 아주 어릴 때는 백과사전 중 '지구와 우주' 편을 유일하게 마르고 닳도록 들여다볼 만큼 별을 친근하게 생각했는데 언제부턴가 무섬증이 도지더니 중, 고등학생 때는 교과서에 등장하는 흑백으로 된 우주 사진에도 진저리를 쳤다. 작고 사소한 것을 두려워하는 사람은 주변에 즐거움을 준다. 별을 향한 나의 공포도 그랬다. 다들 아름답다고 좋아하기 바쁜 별을 보고 무섭다고 바들거리는 나를 친구들은 이해하지 못했고 자주 놀리며 장난치곤 했다. 까닭 모르게 오래 겪어온 이 증상은 동생의 죽음과 함께 바로 고쳐졌다. 밤마다 무심코 고개를 들어 별을 보게 될까봐 위쪽을 괜히 힐끔거리던 버릇도, 공기 좋은 지방에 놀러 가거나 하면 애인에게 별이 얼마나 떠 있는지 밤하늘을 확인하게 하던 일도 그날 이후 사라졌다. 별을 두려워하지 않게 된 후 한동안 밤이 되면 꼬박꼬박 고개를 쳐들고 그날의 하늘을 바라보는 숙제를 했다. 다른 사람들에 비해 별을 한참이나 모르고 살았으므로 그만큼 더 많이 봐두어야지, 하는 생각이 있었다. 그런 무리했던 시간들도 흘러 이제는 밤마다 별과 눈 맞춰야 한다는 강박도, 한때 별을 무서워했으나 극복해냈다는 자각도 특별히 하지 않으면서 지낸다.

얼마 전까지 이종수(애인)는 자꾸만 밤에 오름에 올라가자고 보챘다. 오름 위에서 보는 별이 그렇게 굉장하다고 들었다면서 그것을 찍어서 곧 개최되는 '아름다운 서귀포 사진전'에 출품하겠다는 것이다. 나는 '사진으로 별을 담기가 얼마나 어려운 줄 아느냐, 가려면 너 혼자 가라' 하면서 자꾸만 발뺌을 했다. 밤중에 혼자 오름을 오르긴 싫었던 모양인지 이종수는 결국 사진전에 다른 사진을 출품했다. 그리고 나는 나대로 기분이 이상해졌다. 나의 별 공포증이 고쳐진 게 아니라는 것을 발뺌 중에 깨달았기 때문이었다. 오름 위에서 빼곡하게 별이 박힌 밤하늘을 본다고 생각하니 팔뚝에 오소소 소름이 돋았다. 너무나 강렬한 통증은 동시에 마취의 역할을 해서 상대적으로 약한 통증을 잊게 만드는 것처럼 난 그냥 지금껏 상실감에 사로잡혀 공포를 느끼는 능력이 마비되어 있던 거였고, 이제 그 마비가 조금씩 풀리고 있는 것은 아닌가 하는 생각이 들었다. 이것을 상실감에서 빠져나오는 중이라는 희소식으로 봐야 하는지, 이제 다시 밤마다 죄인처럼 머리를 조아리며 살게 될 거라는 비보로 봐야 하는지 혼란스러웠다.

일반적인 시집의 두께인데 '시전집'이라고 쓰여 있는 시집이 있다. 책을 펼치면 시집은커녕 등단조차 한 적이 없었던 오상룡이라는 한 시인을 위해 그가 남긴 모든 작품을 한데 모은 책이라는 설명이 적혀 있다. 그는 2004년에 세상을 떠났다. 죽은 이들에게 맹목적으로 향하는 나의 고약한 호감으로 이 시집을 읽었던 적이 있다. 첫 시를 다시 찾았다. 「별을 그리워하는 한 소년이」라는 시의 제목에는 시인이 중학교 시절 낙서처럼 썼던 시 중 유일하게 남아 있는 것이라는 각주가 달려 있다.

별이 보이지 않아요. 별이 보이지 않아요.
별이… 별이…

언젠가 그 어릴 적 보았던
나의 눈물 방울과도 같았던 별이… 별이…

별을 보고 싶어요. 별을 보고 싶어요.

하늘이 온통 별로 찬란히 휩싸여 있는
그 하늘.

이 빌딩과 이 네온의 찌든 문명 속에서
그 순수했던 별의 아름다움마저 잃고
무엇을 찾아가는 것인지… 무엇을.

별이 보이지 않아요.
별이… 별이… 별이… 별이…

오상룡, 「별을 그리워하는 한 소년이」(전문)***

　이 시를 쓰면서 시인은 진심을 담느라고 어린 미간에 주
름을 잡았을 것 같다. 별이 보고 싶은데 보이지 않아 어두
운 허공에 직접 별을 하나하나 박아 넣듯이 별이… 별이…
하고 작은 손으로 신중하게 적어 내려갔을 것 같다. 나라
면 중학교 시절 끄적거렸던 습작들은 어떻게든 꽁꽁 숨기
고 싶었을 텐데, 시인은 이 미숙한 구절들을 떳떳하게 공개
하며 그 이유로 '그때의 감동이 생생하다'라고 썼다. 갑자
기 그 마음이 가지고 싶었다.

　시를 천천히 다 읽고, 이종수에게 말했다. 언제라도 오름
에 올라 별을 한번 찍어보자고. 그 말을 하는데 다시금 팔
에 오소소 소름이 돋았다. 그래도 입술을 굳게 다물었다.
오름 위의 별이 나에게 무섭게 보이든, 아름답게 보이든,
어떻게 보이든 상관없이 그저 그 순간 생생하겠다고 다짐
하면서.

*** 『텅텅 가벼웠던 어떤 꿈 얘기』(최측의농간, 2019), 15쪽

지원에게

　얼마 전에 영화 〈반짝이는 박수 소리〉를 보았습니다. 극
장에서 볼 타이밍을 놓치고 계속 잊어버리고 있다가 마침
내 책방에 있던 동명의 책이 얼마 전 팔리면서 퍼뜩 다시
생각이 났지요. 바로 그날 저녁 집에서 맥주 한잔하면서
IPTV에서 영화를 찾았습니다.

　이 영화를 혹시 보셨는지요. 다큐멘터리예요. 이길보라
라는 감독이 자기 부모님에 대한 이야기를 합니다. 부모님
은 두 분 다 청각장애인이세요. 또한 자기 자신과 남동생에
대한 이야기도 하지요. 그 둘은 건청인으로 태어났습니다.
장애를 가지고 살고 있지만 여느 부모님과 별반 다를 게 없
는 그녀의 부모님, 그리고 건청인으로 태어났지만 입말보
다 수화를 먼저 배우고 어릴 때부터 부모님의 입과 귀를 대
신하면서 살아야 했던 감독과 그녀의 남동생의 인생을 담
담하게 그려내고 있어요. 정말 좋은 영화였습니다. 그러나

제가 이 영화에서 두고두고 잊지 못할 장면은 아마 첫 장면일 거예요. 화면 가득 등장하는 깨끗하고 흰 두 손. 갑자기 그 두 손이 반짝반짝 해요. 다섯 개의 손가락이 곧게 벌려진 채 좌우로 흔들리고 있어요. 반짝반짝. 그리고 그것이, 그 반짝반짝 하는 손동작이, 수어로 '박수'라고 한대요.

저는 동생 수현을 2007년 지하철 사고로 먼저 보내고 내내 지하철을 못 탔습니다. 다시 도전해보려고 마음을 먹은 건 사고가 일어난 지 8년 만이었어요. 처음에는 딱 한 정거장을 도전했습니다. 경복궁역에서 안국역까지. 쌀쌀한 봄, 옆에는 애인이 함께 있어주었어요. 손을 꼭 잡고 계단을 내려갔습니다. 플랫폼에서 지하철을 기다리면서 조금 울고, 그 와중에 처음 보는 것들(이를테면 스크린도어)을 신기해하고, 개찰구를 빠져나오면서는 짐짓 웃기도 했습니다. 그러고는 몇 개월 뒤에 혼자서 지하철을 타는 데에 또 도전했어요. 이번에는 조금 더 멀리 다녀오기로 했습니다. 저는 혼자 지하로 내려갔습니다. 조심스럽게 지하철에 올라타자마자 그대로 문 앞에 바짝 붙어서 기둥을 꼭 잡고 긴장 속에서 몇 정거장을 지났지요. 유리로 반사되어 보이는 딱딱하게 굳은 제 얼굴이 점차 흐려지면서 차창 밖의 시꺼먼 배경색이 조금씩 밝아지기 시작했습니다. 지하철이 지상으로 올라가고 있었어요. 잠시 뒤, 마치 누가 양동이로 물을 끼얹는 것처럼 갑자기 너무 밝은 빛이 얼굴로 확 쏟아졌습니다. 순간적으로 눈이 질끈 감길 만큼 강한 빛이었어요.

그때 박수 소리를 들었습니다.

햇빛이 저에게 '드디어 혼자서 지하철 타기 성공이구나 수진아. 축하해!' 하면서, 짝짝짝짝 시끄럽게 박수를 치고 있었어요. 눈을 다시 뜨고 조금 뒤 도착한 역은 옥수역이었습니다. 역에서 내리자마자 잠깐 그대로 웅크려 앉아서 핸드폰 메모장에 햇빛이 박수쳐준 일에 대해 시를 썼습니다.

후에 〈반짝이는 박수 소리〉를 보고 영화가 끝나자마자 그때 적었던 메모를 다시 찾아보았어요. 2015년 8월 12일, 수현의 기일 하루 전날이었습니다. 참 신기하지요. 반짝거리는 빛을 순간 박수처럼 인식했던 제 경험이 실제로 어떤 세상에서는 엄연한 언어로 사용되고 있었다는 사실이 말이에요.

〈반짝이는 박수 소리〉를 보며 수현을 떠올렸지만 실은 영화뿐 아니라 책을 읽을 때도, 근사한 사람들을 만날 때도, 엄마의 바뀐 헤어스타일을 볼 때에도 전 일단 수현부터 떠올리게 됩니다. 그 무엇보다 수현은 제가 쓰는 글 속에서 수시로 불쑥불쑥 튀어나오는데요. 그런데 어느 순간부터 조금씩 신경 쓰이기 시작했습니다. 내가 너무 수현의 이야기를 반복하는 것은 아닌가. 사람들이 지겨워하지는 않을까. 이런 생각들부터, 그리고 정말 생각하고 싶지 않은데, 혹시 수현을 그저 내 창작의, 혹은 내 센티멘털리즘의 소재로 다루고 있는 것은 아닐까. 수현은 그냥 더 슬픈 나, 더 고민하는 나를 위한 하나의 썩 괜찮은 수단인 것일까. 지금은 아니더라도 언젠가 그렇게 되는 것은 아닐까 하는 생각까지…… 그런 생각을 하기 시작하자 점점 의식이 되면서 SNS에 올리는 사소한 넋두리에도 수현의 이야기를 의도적으로 하지 않으려고 애쓰는 저를 발견했습니다.

며칠 전 책방에 온 당신은 편지를 주었죠. 두 손으로 편지봉투를 받아드는데 손끝에 두툼한 느낌이 전달되어오더군요. 마침 책방에 함께 있던 어떤 단골손님의 넉살로 우리는 같이 사진도 찍었는데, 아직 잘 가지고 있나요? 당신이 가고 나서도 자잘한 일이 많아 편지를 금방 열어보지 못했습니다. 결국은 책방 문을 닫고 나서야 읽을 수 있었어요. 총 일곱 장의 편지지 위에 올려진 당신의 마음을 신중하고 느리게 읽었습니다. 저는 당신의 이름이 지원이라는 것을 알았습니다. 또 제가 이런 말을 했었다는 것도 당신을 통해 알게 되었습니다.

"언니는 (팟캐스트에서) 이런 말을 했습니다. 가족을 잃은 사람들은 그 아픔을 딛고 한층 더 성장해야 한다는 무언의

압박 혹은 고정관념이 있다고. 왜 꼭 가족의 죽음을 극복해야만 하고 그것이 성장의 발판이 되어야만 하느냐고. 슬프면 쭉 슬픈 대로, 회복하지 못하면 회복하지 못한 대로 남겨둘 수도 있는데."

마치 이 문제로 제가 괴로워하고 있었다는 것을 알고 있었다는 듯이 지원씨의 편지에 이런 문장들이 있었습니다. 제가 얼마나 놀랐고, 또 얼마나 감사했는지 지원씨는 아마 짐작도 못 할 것입니다. 스스로 대답해놓고도 잊어버린 정답을 지원씨 덕분에 다시 알았습니다.

제가 보고 듣는 많은 것들을 어쩔 수 없이 수현이라는 필터를 거쳐 느끼고 받아들이는 사람이라는 것을 한결 가볍고 자연스럽게 여겨보기로 했습니다. 수현을 잃은 경험과 상실감이 극복되지 않아도 좋은 채로, 저는 앞으로도 느끼는 대로, 생각나는 대로 수현을 사용해보겠습니다. 수현을 이야기하다가 재미있으면 웃고, 수현을 이야기하다가 슬퍼지면 울도록 하겠습니다.

취미가 저라고 편지의 말미에 쓰신 문장을 믿고 이 글을 쓰고 있습니다. 당신이 이 글을 읽는 날을 기다리겠습니다. 잃어버린 줄도 몰랐던 지갑을 주워다 준 것처럼, 아니 그것보다 더 큰 것을 주워다 준 지원씨에게 두고두고 보답하고 싶습니다.

　책방에 또 놀러와주세요. 봄이 되면 제 책방 주변에 어떤 꽃들이 피는지 같이 봐요.

그저 막상막하로써
—김숨, 『L의운동화』를 읽고

이제 집에 수현의 물건들은 보이지 않는다.

잘 기억이 안 난다. 그냥 어느 날 정신을 차려보니까 수현의 물건들이 다 사라져버렸다. 딱 하나만 남았다. 내 생일날 선물 사줄 돈 없다고 수현은 생일 선물 대신 편지를 써줬다. 그걸 아직까지 가지고 있다. 나는 어릴 때 편지나 카드를 악착같이 모으던 애였지만 이제는 좀 우습게 여기는 사람이 됐다. 보통 여기저기서 받은 편지들이나 카드들은 어느 정도 모아두었다가 그냥 한꺼번에 버리곤 했다. 수현의 편지도 그렇게 버려질 수 있는 것이었다. 그런데 용케도 그 편지는 내 눈을 피해 어딘가 숨어 있었다. 나는 그걸 잡동사니가 들어 있는 벽걸이 수납장 안에서 발견했다.

수현은 스프링 연습장 한 장을 북 찢어 거기에 편지를 써주었다. 지금은 그냥 가로로 한번 세로로 한번 접어놓고 있지만 처음에 그 편지는 내가 따라 접을 수 없는 기발

한 방법으로 마치 딱지처럼 야무지게 접혀 있었다. 종이를 펼치면 나야, 하는 말과 함께 직접 그린 돼지 얼굴이 있다. 고맙게도 한바닥이 가득 글씨로 채워져 있다. 일반 종이와 갱지의 중간 정도 되는 색의 종이에, 글씨는 하늘색 젤리 펜으로 적혀 있다.

그 편지는 2007년 6월 11일에 쓰였다. 어쩌면 10일에 써놓고 날짜만 내 생일인 11일로 적어놓은 걸 수도 있다. 수현의 죽음은 편지를 쓰고 두 달 뒤에 일어난 일이다. 편지의 말미에는 언니(나)랑 백기탁구(엄마)랑 황소개구리(아빠)랑 오래오래 행복하게 잘 살자는 말이 적혀 있다. 자신이 두 달 뒤에 죽게 될 줄을 모른 채 미래를 멋대로 상상했던 수현을 생각하고 있으면, 너무 생각하고 있으면, 가끔은 정말 이해가 되지 않을 때가 있다. 아니 너는 어떻게 네가 죽을 줄을 몰랐니. 이렇게 분명한데. 이렇게 확실한데.

이 편지를 발견하고 어떻게 보관하면 좋을지 얼마나 고민했는지 모른다. 최대한 종이가 변색되지 않게, 최대한 하늘색 글씨들이 날아가지 않게 하려고.

코팅을 해보는 건 어떠냐고 제안한 친구에게는 절대 안 된다고 버럭 소리를 질렀다. 문방구 앞에 걸려 있는 코팅된 종이 속 '코팅'이라고 적힌 글씨처럼 수현의 편지 속 글씨들이 뭉개진다면 억장이 무너질 것이다. 액자에 넣어 거실에라도 걸어놓고 아침저녁으로 보고 싶지만 직사광선에 노출되면 가뜩이나 위태로운 하늘색 글씨가 더 빨리 휘발될 것만 같았다. 어떤 생각을 해보아도 겁이 났다. 이러지도 저러지도 못한 채로 지금 그 편지는 내 방 빛 안 드는 수납장 안에 두 번 접힌 채로 기대어 있다. 행여나 내 손길에 종이가 상할까봐 편지를 잘 펼치지도 않는다. 그냥 수납장 문을 열고 스프링에 뜯겨 나간 뽕뽕 뚫린 구멍들을 조금 보다가 수납장 문을 닫는다.

수현의 편지가 견딜 수 없이 소중하면서도 어떻게 이 편지를 소중히 다루어야 할지에 대해서는 우왕좌왕이었던 나는 '소중하다'라는 형용사가 동사적이라는 사실이 무척 어렵게 여겨졌다. 자연스레 소중히 여기는 일의 행위적 측면에 대해 생각할 때가 잦았다. 김숨 소설가의 장편소설 『L의 운동화』(민음사)도 그렇게 읽게 된 것이다.

『L의 운동화』는 1987년 6월 9일에 연세대에서 있었던 시위에 참여했다가 경찰이 쏜 최루탄을 맞고 결국 숨진 이한열 열사의 운동화를 복원하는 과정을 그리고 있다. 미술품 전문 복원가인 '나'는 L기념관의 '채 관장'으로부터 L의 운동화 복원을 의뢰받는다. '나'는 수차례 망설인다. 자신 있게 L의 신발을 맡지 못하는 '나'는 자신을 둘러싼 여러 다른 신발들의 사연을 듣는다.

직장의 공동대표인 '문'의 구두가 있다. 그 구두는 '문'이 어릴 적에 사고로 죽은 아버지의 유일한 유품이다. 항상 현관에 집 쪽을 향하게 두었던 구두가 어떻게 스스로 움직였는지, 그 구두가 '문'과 누나를 어떻게 지켜주었는지 '나'는 듣는다.

직장 동료인 '그녀'에게는 자폐증을 앓고 있는 아들이 있다. 치료를 마친 어린 아들을 데리고 오는 길, 걷고 싶어 하지 않는 아들의 손목을 멍이 들 만큼 힘주어 잡으며 두 시간 넘게 걸어 힘들게 집에 도착했는데 그제야 아들의 운동화가 좌우가 바뀌어 있었다는 것을 알게 된다. 그날 밤 그 운동화를 버려버리지만 아직도 자신이 버린 게 운동화가 아니라 아들의 발인 것만 같다는 '그녀'의 고백을 '나'는 듣는다.

2002년 뒤에서 덮친 미군 장갑차에 깔린 효순과 미선의 아래쪽에도, 그 형체조차 알아볼 수 없는 지경이었던 두 시신의 아래쪽에도 하얀 운동화가 떨어져 있었다는 이야기를 들려준 사람은 '채 관장'이었다. 마치 한 몸의 응원처럼 들려오는 신발들의 이야기와, 결정적으로 L의 어머니의 모습을 보고 나서야 '나'는 복원을 결심하게 된다.

'채 관장'이, '문'과 그의 아버지가, '그녀'와 그녀의 아들이 조금씩 하나로 L과 함께 얽혀드는 기분을 자연스럽게 느낀다. 뒤이어 효순이와 미선이, 그리고 세월호와 제주 4·3사건, 위안부 할머니들까지 얽혀 들어간다. 수현이 사고 당일 신고 나섰던 뉴발란스 운동화가 갑자기 생각난다. 그것은 내 운동화였다. 수현과 나조차도 이들과 함께 휘말린다. 운동화의 복원을 거의 마무리할 즈음에 '나'는 홀로코스트 피해자의 5만 7천 점의 신발을 본다.

신발들이 다 다른데도, 3톤 분량은 족히 될 것 같은 신발들은 한 점의 신발처럼 보였다. 거대한 한 점의 신발처럼.[****]

복원을 하며 '나'는 "아무것도 하지 않는 것이 더 어렵다"는 말을 자주 내뱉는다. 그 기분을 조금은 알 것 같다. 하는 것은 어렵고, 아무것도 하지 않는 것은 더 어려운 그 기분. 그런 기분이 찾아올 때 나는 주로 '질 수 없다'는 생각을 많이 했다. 수현을 생각할 때나 곡 작업이 안 풀릴 때, 돈이 너무 없을 때에도 그렇게 질 수 없다는 말을 되뇌었다. 시간이 지나고 돌이켜보면 그래서 내가 결국 이긴 건지 진 건지 잘 모르겠다. 사실은 누구를 상대로 '질 수 없다'고 생각한 건지도 모르겠다. 다른 사람들도 나처럼 '질

[****] 김숨, 『L의 운동화』(민음사, 2016), 269쪽

수 없다'는 생각을 자주 하면서 살아가고 있을까. '채 관장'도 할까. '문'과 '그녀'도 해봤을까. L도 했을까. 온도와 습도만을 체크하면서 L의 운동화를 그저 지켜봐야만 했던 긴 시간 동안 '나'도 그 생각을 했을까. '질 수 없다'는 생각, 했을까. 물어보고 싶다.

난 왜 '질 수 없다'고 생각하곤 했을까. 생은 시간의 흐름을 따라, 중력의 흐름을 따라, 상식의 흐름을 따라 흘러갈 뿐이지만 내가 살고 싶다고 생각하는, 소중하다 여기는 삶의 흐름은 그 반대일 때가 많아서였을까. 그래서 우리들은 '질 수 없다'고 말하는 것일까. 각자의 신발을 신고, 끊임없이 반대 방향으로 헤치고 나아가면서, 가끔 신었던 신발을 남기기도 하면서.

'나'는 아마도 내 질문에 이렇게 대답할 것만 같다. 이기고 지고의 문제가 아니야. 그저 막상막하로써 있을 뿐이야.

답답하면서도 어쩐지 천만다행이라는
생각이 드는 나의 굴레

'#내가_닮았다고_들어본_4대장'이라는 해시태그가 트위터에서 자주 눈에 띄던 적이 있었다. 그동안 자신이 닮았다고 들어봤던 유명인들을 공개해보는 해시태그였다. 하루에도 몇 개씩 반짝 주목받고 바로 잊히는 해시태그들을 일일이 기억하고 있진 않지만, 유독 이건 기억에 오래 남는다. '신봉선, 오나미, 이하늬, 김연아'(인간), '박소담, 강다니엘, 두더지, 수달'(인간+동물), '너구리, 티베트 마눌고양이, 검은발고양이, 호빵'(동물+음식) 등등 다양한 조합들을 엿볼 수 있었다. 과연 그들이 모아놓은 네 사람(동물, 음식)의 모습 위로 어떤 동일한 결이 어렵지 않게 엿보인다는 점이, 그리고 하나같이 모르는 사람들인데 그들이 어떻게 생겼을지도 대강 짐작이 된다는 점이 너무 웃기고 재미있었다.

우리는 우리가 다른 누군가와 '닮았다'는 사실을 적잖이 신기해하는 것 같다. 아버지나 어머니처럼 필연적으로 닮을 수밖에 없는 사람을 닮은 것에도 '정말 똑같다!' 하고 좋아하니까 말이다. 당사자는 누구와 닮았느냐에 따라 기분이 좋아지기도 하고 불쾌해지기도 하겠지만 일단 구경꾼이 되면 닮았다는 사실이 주는 재미에 매번 경쾌해진다. 그런데 나는 닮았다는 것이 주는 신기함을 넘어서는 또 다른 기분을 언젠가부터 느끼게 되었다. 이 기분을 처음 느낀 것은 현재의 애인이자 영영 애인일 것 같은 이종수가 무심코 웃었을 때 눈가에 잡히는 주름을 보고서였다. 참 아름다운 주름이라는 생각, 그리고 내 첫사랑이 웃을 때 눈가에 생기던 주름과 정말 닮았다는 생각이 찰나를 두고 연달아 들었다.

신중택(아버지)은 나와 단둘이 있을 때 이종수가 내 첫사랑과 닮은 것 같다는 말을 종종 하곤 했다.

"키 크고, 서글서글하니 인상 좋게 생긴 것도 그렇고, 너한테 하는 걸 봐도 그렇고. 진짜 닮았다니까."

그때마다 나는 "닮긴 뭐가 닮아"라고 심드렁하게 대꾸했다. 십 대 중반부터 (중간에 잠시 헤어진 기간이 있긴 했지만) 이십 대 중반까지 만났으니 나나 우리 부모님에게나 첫사랑의 이미지는 상당히 디테일하게 각인되어 있다. 그와 헤어지고 나서 한동안 데이트하던 모든 상대를 첫사랑과 적극적으로 비교해가며 저울질하던 때도 있었다. 그러나 이종수를 처음 알게 된 순간부터 특별히 첫사랑과 닮았다는 생각은 해본 적이 없었다. 그러다 갑자기 눈주름 앞에서, 나는 조금 복잡한 심정이 되었다.

영화 〈이터널 선샤인〉에는 잊고 싶은 기억을 지워주는 클리닉 '라쿠나'가 등장한다. 사랑에 빠졌다가 끔찍하게 이별한 조엘과 클레멘타인은 각자 라쿠나에서 그때의 고통스러운 기억을 지우는 데 성공하고 서로의 존재를 잊어버리지만, 결국 또다시 사랑에 빠지고 만다. 어떤 사람을 사랑하게 되면 그 기억을 지워도 다시 그 사람에게 사랑을 느낄 수밖에 없다는, 즉 각자가 지닌 이상형의 원형은 결코 변하지 않는다는 로맨틱하고 운명적인 속성으로 읽을 수도 있는 이야기지만 한편 어떻게 해도 벗어나지 못하는 인연의 속박으로 볼 수도 있다. 고약하게 마음을 먹어보자면 그들은 영화 속의 현실에서 내내 그 루틴만을 반복하다가 라쿠나의 VIP고객이 될 지도 모를 일이다. 나도 첫사랑이 남긴 내 취향의 원형 같은 것이 여전히 내 무의식에 존재하여 계속 영향을 끼치고 있는 것일까. 어쩌면 내가 여태 진심으로 사랑했던 사람들은 모두 그 원형의 굴레 안에서 돌고 돌았던 것일까. 나는 이종수의 첫사랑표 눈주름을 보며 생각했다. 한결같이 어리고 금발인 모델만을 만나오고 있는 레오나르도 디카프리오처럼 굴레 안에서 잘 먹고 잘 사

는 사람도 얼마든지 있다는 것을 알고 있지만 내게는 어쩐
지 답답하게 느껴지는 일이었다.

한때 나도 누군가의 굴레에 얽혀들어간 적이 있었다. 적
극적으로 다가오던 모두와 신이 나서 연애하고 또 죽어라
헤어지던 내 생의 춘추전국시대 구간에 있었던 일이다. 호
감을 거침없이 표현하던 어떤 사람과 연애를 시작한 지 얼
마 안 되었을 때 나는 그의 노트북을 쓰다가 의도하지 않
게 어떤 사실을 알게 되었다. 아, 의도하지 않게, 라는 표현
은 적절하지 않은 것 같다. 어떤 의도가 없이는 인터넷 '방
문 기록' 따위를 클릭해볼 리가 없을 테니 말이다. 나는 어
리석게도 노트북 주인의 지난 방문 기록을 훔쳐보았고 거
기엔 반복적으로 등장하는 한 여성이 있었다. 이 여성이
노트북 주인의 전 애인이라는 것을 직감으로 알았다. 나는
어쩐지 그녀의 대체물이 된 것 같았다. 어디까지나 심증이
었지만 물증이 없는 것도 아니었다. 그녀와 나의 닮음이야
말로 무엇보다 확실한 물증이었다. 모른 척하고 노트북 주
인과 하던 연애를 계속했지만 내가 했던 숱한 연애 가운데
가장 집중도가 떨어지던 시간이었다. 노트북 주인과 만나
기 위해 입을 옷을 고를 때, 같이 사진 찍을 때, 농담에 웃
을 때, 문자메시지에 답장할 때, 섹스하는 순간까지도 내가
신경 썼던 것은 노트북 주인이 아니라 그가 못 잊는 전 애

인이었기 때문이다. 나는 어설프게 전 애인과 닮은 존재가
아닌 그냥 나 자신으로서 노트북 주인을 상대했어야 했고
그것을 잘 알고 있었지만 행동으로 순조롭게 이어지지 않
았다. 대화를 나눌 때마다 전 애인보다 재치 있어 보이려고
지나치게 생각하느라 티키타카의 골든 타임을 매번 놓치며
나는 어느새 조금씩 과묵하고 맹탕 같은 사람이 되어갔다.
'내'가 아니라 '더 나은 대체물'이 되고자 급급해하느라 데
이트할 때마다 진이 빠졌다. 만나자고 연락이 오면 기쁘면
서도 동시에 그를 만나지 않을 수 있는 좋은 핑계가 없을까
고민했다. 결국 '전 애인을 아직 완전히 잊지 못한 것 같다'
고 노트북 주인이 이별을 통보해왔을 때, 내 마음에 실연에
서 오는 아픔 같은 것은 없었다. 그저 내 짐작이 맞았다는
데에서 오는 쓸쓸한 쾌감, 그리고 승부에서 진 사람의 열패
감만 있을 뿐이었다. 나는 가까운 친구들에게 '헤어졌어'가
아니라 '내가 졌어'라고 연애가 끝났음을 알렸다.

나는 이종수에게 내가 지난 연애 상대들과 닮은 부분이
있는지 물어보았다. 이종수는 한참 생각해보더니 아무리
매칭해봐도 딱히 겹치는 부분은 없다고 말했다.

"그럼 넌 왜 나한테 끌렸을까."

이종수는 말했다.

"신수진이 나랑 비슷하게 생겨서 그랬던 거 같아."

나를 마치 자기 몸처럼 극진히 아끼는 이종수의 무조건적인 사랑의 방식이 일견 설명되는 대답이었지만, 아무리 그래도 자기를 닮아서 날 좋아하는 거 같다는 말은 너무 거울만 들여다보는 왕자님이 할 법한 대답이었다. 내 첫사랑의 일부는 기억 뒤편에 찜찜하게 남아 관계들을 은밀히 조종해오며 결국 나를 이렇게 어떤 나르시시스트의 대체물로 만들어버리는구나. 답답하면서도 어쩐지 천만다행이라는 생각이 드는 나의 굴레. 이종수와 나는 비슷한 웃음소리를 내면서 웃었다.

자는
얼굴

집밥밖에 모르는 부모님은 특별한 날 가끔 외식을 하는데 그때 가는 식당은 거의 정해져 있다. 서울 쌍문동의 어느 불고깃집이다. 나는 이제 고기를 먹지 않는 사람이 되었지만 일 년에 몇 번은 부모님과 맛있게 먹는다. 간단한 효도라고 생각하고 있다.

우리는 작년 어버이날에도 이 불고깃집에 갔다. 백기녀(어머니)는 야무지게 고기를 굽고 신중택과 나는 맥주를 마신다. 이런저런 대단할 것 없는 말들을 나눈다. 고깃집 특유의 흥과 기운 속에서 세 사람의 목소리는 조금 높고 크다. 그렇게 나누는 대화 중에 백기녀는 언제나, 아직도 신중택을 너무너무 사랑한다는 말을 한다. "가끔 술 먹고 속 썩여서 그렇지, 나는 옛날이나 지금이나 네 아빠를 정말 사랑해. 가끔 옆에서 자고 있는 거 보고 있으면 그렇게 안 됐고."

자고 있는 걸 보면 불쌍하다는 말은 신중택이 나랑 있을 때 자주 하는 말이기도 했다. 나는 부모님 댁에 갈 때마다 신중택과 밤늦도록 TV를 보면서 술을 마셨다. 당시 〈개그 콘서트〉나 〈코미디 빅리그〉 같은 코미디 프로그램을 몰아 보면서 대화 없이 낄낄거리며 술을 마실 때도 있었고, 축구 경기를 보면서 목이 쉴 만큼 고함을 칠 때도 있었다. 내셔널지오그래픽의 다큐멘터리를 보면서 철학적인 이야기를 나누거나, 선거철 후보들의 토론회를 보고 나서 각자의 정치적 신념을 말하고 듣느라고 동이 틀 때까지 마시기도 했다. 아무튼 우리 둘은 TV를 되는 대로 틀어놓고 그것을 소재 삼아 맥주를 마시며 얘기하는 걸 좋아했고, 그때마다 백기녀는 소파에 드러누워 우리의 대화에 몇 번 참견을 하다가 먼저 잠이 들었다. 그러면 신중택은 자고 있는 백기녀를 물끄러미 보다가 꼭 그런 말을 했다.

"네 엄마 자고 있는 거 가만 보고 있으면 그렇게 안돼 보인단다."

한 몸처럼 같이 잠이 들고 같이 눈을 뜨던 연애 초반을 지나며 이종수와 나는 다른 일을 하다 제각각 잠이 들 때가 많아졌다. 방에서 글을 쓰다가 거실로 나와보면 플레이스테이션을 하던 이종수가 헤드셋을 쓴 채 잠이 들어 있었다. 거실에서 고양이들과 놀아주다가 슬슬 잘 준비를 할까 하고 방에 들어온 이종수는 책을 읽다가 잠이 든 나를 발견했다. 그 모습은 예쁘고 멋지기보다는 눈을 뜨고, 침을 흘리고, 괴상한 포즈일 때가 많았다. 우리는 자연스럽게 서로의 자는 모습을 놀리면서 자주 놀았다. 자신은 절대 코를 골지 않는다는 이종수에게 내가 전날 녹음한 코 고는 소리를 들려주거나, 내가 보통 표본실의 개구리 같은 모양새로 잔다는 것도 알아가면서 말이다. 그리고 그 시절은 슬그머니 끝나버렸다. 이종수는 불현듯 생각난 것처럼 '어제 신수진 자는 모습 정말 대박이었는데'라고 말하고는 그만이다. 나 역시 이종수의 자는 모습을 두고 놀리는 데 흥미를 잃었다. 더 정확하게 말하자면 언제부터였는지 이종수가 우스꽝스럽게 자고 있는 모습을 보면 웃기는 게 아니라 오히려 슬퍼지는 쪽에 가까워졌다.

이종수의 자는 얼굴을 바라보고 있다가 소리 죽여 울 때가 가끔 있다. 입을 약간 벌린 채 속 편하게 자고 있는 그 모습이 정말이지 죽음의 얼굴과 닮아 있기 때문이다. 이종수가 죽게 되면 이런 얼굴일까. 영문도 모르고 곤하게 자고 있는 얼굴 앞에서 그런 생각을 하며 혼자 청승맞은 예행을 하다보면 지금의 초초분분이 얼마나 지극하게 소중한 것인지, 이런 귀한 시간을 마냥 흐르게 두고서 바보 같은 얼굴로 잠들어 있는 이종수가 얼마나 연약하고 가여운 존재인지가 절절하게 느껴졌다.

이종수는 이제 개다리춤을 추는 듯한 모습으로 자고 있는 나를 봐도 컥컥거리면서 웃는 일 없이 그저 덤덤하게 다리를 모아주고 이불을 다시 제대로 덮어주고 이마 위로 흘러내린 머리카락을 쓸어준다. 가끔 안쓰러운 사람 앞에서 낼 법한 탄식을 하면서 이마에 입을 맞춰줄 때도 있다. 나는 그때마다 어렴풋이 잠을 깨지만 눈을 감은 채로 다만 이종수도 나의 자는 얼굴을 옛날과는 다른 마음으로 대하게 되었나보다 짐작한다.

사랑하는 타인의 자는 얼굴을 바라보며 단순히 웃기다거나, 평화로워 보인다거나 하는 것을 넘어 연민을 느끼게 되는 것은 왜일까. 김소연 시인은 『마음사전』(마음산책)이라는 책에서 연민이라는 감정을 '사무치는 동질감'에서 오는 것으로 본다. '너'와 '내'가 긴밀하게 연결되어 있다는 믿음이 정말 믿어짐으로 이어질 때, 비로소 '너'의 자는 얼굴은 '나'에게 거부할 수 없는 비감을 불러일으키게 되는 것일까.

'우리는 모두 연결되어 있다'는 말을 매일 실감하며 요즘을 지낸다. 명상 센터에서나 할 법한 말이라고 생각해왔는데 사실은 매일 아침 양치질하며 명심해야 할 생활의 당부라는 걸 깨달았다. 모호하고 뜬구름 잡는 비유가 아니라 1 더하기 1은 2가 되는 것처럼 군더더기 없이 명백한 연산 같은 말이라는 것도, 위 아 더 월드 식의 낭만이 아닌 살벌한 경고의 말이라는 것도 알게 되었다.

'한 시간도 못 주무신다는 이야기가 있다'는 기자의 질문에 '한 시간보다는 더 잔다'라고 대답한 정은경 질병관리청장을 보면서 나는 그녀의 한 시간 남짓 자는 얼굴을 무심코 떠올렸다. 의료진들의 수척한 얼굴에 나 있는 보호구 자국을 보면서는 저 자국은 너무나 깊어서 자는 얼굴에서도 내내 사라지지 않겠다고 생각했다. 사람 하나 없는 빈 가게에 유니폼을 입고 우두커니 앉아 있는 얼굴을 스쳐 지나갈 때, 문 앞에 택배 박스를 놓고 가는 얼굴을 볼 때, 약국에서 매일 마스크를 나누어주는, 형광 옷을 입은 채 거리를 쓸고 쓰레기를 수거해가는, 격리되어 있는 사람들을 위해 구호 물품을 준비하는, 기꺼이 현장으로 봉사를 자진해 가는 얼굴을 볼 때, 저 얼굴들이 마스크를 시원하게 벗고 두 눈을 자연스럽게 감고 미간의 긴장도 풀고 코를 골기도 하면서 자는 모습을 생각했다.

바이러스와 사투하고 있던 이탈리아의 노老신부가 자신의 산소호흡기를 젊은 환자에게 양보하고 숨졌다는 기사를 읽었을 때도 나는 그 신부님의 자는 얼굴을 떠올렸다.

세계 최연소 사망자라고 하는 미국 코네티컷의 생후 6주 아기에 대한 기사를 읽었을 때에도 아기의 조막만 했을 자는 얼굴을 생각했다.

나와 반드시 연결되어 있는 그 많은 사람들의 자는 얼굴을, 그 나약한 존재들을 떠올려보면서, 그리고 그렇게 연민에 취한 채 아늑한 잠자리에 드는 나의 팔자 좋음에 치를 떨면서 매일 잠이 든다. 며칠 전에는 눈을 뜨자마자 어마어마한 무력감이 느껴져 오전 내내 일어나지도 않고 침대에 누워 눈만 껌벅이고 있었다. 그때 위아래(친구)에게 문자가 왔다. '나는 왜 이렇게 타인의 불행에 쉽게 흔들리는 걸까.' 조금 뒤에는 조소정(위고 출판사 대표, 친구)에게 문자가 왔다. '과연 언제까지 이럴까. 이후엔 어떤 삶이 기다리고 있을까.'

내가 시도 때도 없이 자는 얼굴을 생각하며 지내고 있는 것처럼 모두가 무엇인가를 생각하고 있다. 그러면서 하루씩 하루씩을 견디고 있다. 다들 무엇을 생각하고 있을까. 나는 위아래와 조소정의 자는 얼굴을 상상하면서 가만히 궁금해졌다.

아름다움은 재미있다

Between Us

계산해보니 달리기를 시작한 지도 이제 일 년 반 정도 된 것 같다. 일 년 반 '정도'라고 애매하게 말하는 까닭은 처음 달렸던 날짜를 정확히 기록해두지 않았기 때문이다. 그것이 두고두고 아쉬움으로 남는다. 그래도 달린 지 얼마나 되었는지 가늠할 수 있는 몇 가지 확실한 기억이 있다. 달려보자고 큰 맘을 먹고 집을 나설 때 내가 입었던 건 하늘색 반바지와 얇은 반팔이었다는 사실, 그날의 하늘이 내 반바지와 거의 흡사하면서 무척 눈이 부신 색이었다는 사실, 뛰기도 전에 무척 더웠다는 사실, 얼마 달리지도 않았는데 숨이 턱까지 차올라서 달리는 것을 멈추었더니 이때다! 하는 듯이 얼굴에서 땀이 일제히 솟구쳐 턱으로 흘러내렸다는 사실(나는 얼굴에 땀이 잘 나지 않는 체질이라 이 특별할 것 없는 일이 굉장히 파격적인 기억으로 남아 있다. 땀이 턱선을 타고 흐르다니!).

가을이 되어 아침저녁으로 공기가 제법 서늘해졌을 때 달리기 전용 어플의 도움을 받으며 나의 달리기는 비로소 규칙적인 일이 되었다. 이것은 첫 시작일이 기록으로 남아 있다. 2019년 10월 15일. 일주일에 두 번, 혹은 세 번. 달리기 전에 어플을 켜고 그저 묵묵히 8주짜리 프로그램이 시키는 대로 했다. 처음엔 1분을 뛰고 2분을 걸었다. 마지막 날에는 정말 30분 동안 쉬지 않고 달릴 줄 아는 사람이 되었다. 나는 아주 깊이 사랑에 빠졌다. 당연히 달리기라는 운동이 내 깊은 사랑의 주인공이었지만, 그것은 한편 확실함과의 사랑이기도 했다. 하면 할수록 나아진다는 확실함. 지난번에 1분을 뛰었으면 이번에는 2분을 뛸 수 있었다. 다음 번에는 3분을 뛸 수 있을 것이 틀림없었다. 적금처럼 나는 착실하게 훌륭해졌다. 그런 황홀한 기분은 처음이었다. 내가 사는 삶은 늘 불확실함 속에 있었기 때문이다. 재미도 있고, 보람도 있고, 기쁨도 있지만 그것은 절대 실력이 차곡차곡 쌓이며 점점 나아지는 종류의 일이 아니었다. 앨범 한 장을 내면 그다음 앨범은 만들기 더 쉬워져야 할 텐데 그렇지 않았다. 책 한 권을 쓰고 나면 그다음 번엔 자연스레 더 좋은 책을 써야 할 텐데 그렇지 않았다. 아무리 반복해도 언제나 바닥에서 다시 시작하는 것처럼 황량하고 막막했다. 내 음악과 책이 사랑을 받을지 외면을 받을지는 얼마나 오랫동안 성실하게 준비했느냐보다 시절과 상황이 만드는 운에 더 많이 달려 있었다. 그 불확실함에 익숙해지려고 용을 쓰다가도 번번이 우울하고 무기력해지기 일쑤였다.

만나는 사람들마다 놀랐다. 왜 이렇게 얼굴이 좋아졌느냐고 물었다. 후광이 나네 후광이, 라고 말하는 사람도 있었다. 당연한 반응이라고 생각했다. 사랑에 빠진 사람처럼 예뻐 보이는 사람은 없으니까 말이다.

"요즘 달리고 있거든요."

요즘 누구 만나고 있거든요, 라고 말하는 느낌으로 만나는 사람마다 나의 사랑을 소개했다. 노래하는 것보다, 글 쓰는 것보다 달리는 게 더 좋다고 말했다. 마치 엄마보다, 아빠보다 이 사람이 더 좋다고 말하는 느낌으로.

나는 달리기를 더 정확하게 사랑하기 위해서 달릴 때마다 내 몸의 모든 변화에 촉을 세웠다. 가장 먼저 알게 된 것은 근력의 필요성이었다. 뛰고 나면 배에 하도 힘을 주어서 배가 뻐근하게 아팠다. 달리는 일에는 두 다리만 있으면 되는 줄 알았는데 그 두 다리를 앞뒤로 움직이게 하기 위해선 코어의 힘이 필수적이었다. 바로 체육관에 등록해서 PT를 신청했다. 특별히 원하는 것이 있느냐고 트레이너가 물었을 때 잘 달리는 사람이 되고 싶어 왔으니 코어를 조져달라고 주문했다. 트레이너는 잘 달리려면 코어 근육뿐 아니라 엉덩이 근육도, 등 근육도, 심지어 어깨와 팔 근육도 중요하다고 했다. 그 뒤로 9개월간 스쾃과 데드리프트, 푸시업, 풀업, 렛 풀 다운, 시티드 케이블 로, 벤트 오버 바벨 로 등등 어렵고 멋있는 이름을 가진 부위별 근육 운동을 일주일에 두 번씩 착실하게 배웠다.

근력만 중요한 게 아니었다. 유연성도, 관절도, 리듬감도 중요했다. 달릴 때 선크림 바르는 것을 우습게 알면 몸이 창피한 모양으로 그을린다는 것도, 달리는 일에 너무 욕심을 부리면 틀림없이 다치게 되고 그러면 몇 주간이나 달리지 못해 분통 터지는 밤을 보내게 된다는 것도 몸소 체험하며 배웠다. 근육 생성에 도움이 되는 비건 단백질 파우더부터 관절에 좋다는 영양제도 여러 개를 사 먹었다. 사랑에 깊이 빠진 사람들이 대체로 그러듯이 마냥 좋기만 한 미래를 계획하는 데 많은 시간을 썼다.

'일단 지금 10킬로는 껌이니까 아예 처음부터 하프 마라톤을 목표로 해야겠다. 풀 마라톤은 이때쯤 뛸 수 있겠다. 세계 10대 마라톤에도 다 도전해봐야겠다. 그리고 그 도전기를 책으로 엮어야겠다. 그나저나 코로나19가 끝나야 해외 마라톤도 가능할 텐데 대체 언제 끝나려는지 모르겠다……'

그러다 파국이 왔다. 나는 달리기의 '확실함'으로부터 배신을 당했다. 징후는 점점 느려지는 페이스에서 시작됐다. 이상하다. 왜 꾸준히 달리는데 기록이 점점 안 좋아지지. 초조했다. 주변에서는 여름이라서 그렇다고 말해주었다. 여름엔 너무 더워서 금방 지치니까 기록이 안 좋아지는 건 당연해. 마음 편하게 먹고 하던 대로 꾸준히 달리면 가을 즈음에 다시 페이스가 좋아질 거야. 하지만 정말 문제는 그다음이었다. 대수롭게 생각하지 않았던 발바닥과 발목의 통증이 점진적으로 심해졌던 것이다.

"스트레칭과 마사지로는 통증을 완전히 정복할 수 없다. 그것은 일회성일 뿐이다. 튼튼하고 강력한 근육을 갖게 된다면 마사지나 스트레칭은 필요 없게 될 것이다."

전문가처럼 보이는 사람이 유튜브에서 이렇게 말하는 것을 발바닥을 주무르며 보았다. 근육 단련에 더 매달렸다. 힘들면 3세트만 해도 된다는 트레이너의 말에도 기어이 5세트를 채웠다. 세트와 세트 사이에는 까치발을 올렸다 내렸다 하며 발목 강화 운동을 했다. 그럼에도 발바닥과 발목 통증은 호전되지 않았다.

병원에도 가보았지만 정밀 검사가 아닌 다음에야 통증 주사나 소염진통제를 처방해줄 뿐이었다. 속 터지는 마음으로 먹으라는 약을 일단은 고분고분 삼켰다.

신발에 문제가 있는 것 아니냐, 자세 교정부터 다시 받아야 한다, 어디 병원이 잘한다 등등 주변에서는 이래라저래라 참견이 심했고 그것은 또 그것대로 스트레스가 되었다.

"대체 문제가 뭘까요. 정말 모르겠어요."

나는 체육관 바닥 매트에 누운 채 말했다. 트레이너는 말 없이 내 한쪽 다리를 잡고 고관절 스트레칭을 돕고 있었다.

"역시 나이 때문일까요."

"나이요?"

"저 이제 사십 대잖아요. 보통 나이 앞자리 수 바뀔 때 늙는다는 체감이 확 오면서 이런저런 생각도 많아지고 한다던데 전 조금도 그런 게 없었거든요. 정말 신경이 조금도 안 쓰였어요. 그런데 달리기 시작하면서 발바닥도 아프고 발목도 아프고…… 실은 그 밖에도 뛸 때마다 여기저기가 아파요. 게다가 아무리 뛰어도 기록도 더 이상 좋아지지 않고. 선생님도 아시다시피 제가 발목에 좋다는 것들 이것 저것 해봤잖아요. 근데도 나아지지 않고 계속 골골하니까 이제야 실감이 나고 신경이 쓰여요, 제 나이가. 나이 드는 게 별게 아니잖아요. 되던 게 안 되는 거잖아요."

트레이너는 내 한쪽 다리를 든 채로 잠깐 생각에 잠겨 있다가 이렇게 말했다.

"그거 정말 생각해볼 문제 같아요."

"......."

"저 역시 지금 제 목표를 더 잘하는 데 두고 있지 않아
요. 최대한 오랫동안 그저 즐겁게 운동할 것을 목표로 두었
어요. 계획도 다시 짰고요. 그 계기가 저에게도 나이였던
것 같아요. 수진도 한번 정말 나이 때문인지 차분히 생각
해보세요. 그리고 그게 맞는다면 거기에 맞춰 다시 목표를
세우고 계획을 짜보세요. 이건 슬플 일도, 아쉬울 일도 아
니고, 그냥 하나의 변화니까요."

며칠 뒤에 나는 트레이너에게 잠시 운동을 쉬고 싶다고
말했다. 일주일에 무조건 세 번은 달려야 한다는 강박도
떨쳐버리려 노력했다. 체육관에 가는 일과 달리는 일만 멈
추었는데 어찌나 할 일이 없는지 백수가 된 것 같았다. 물
론 쉬는 중에도 이런저런 일을 했다. 이를테면 나이키의 세
일 소식을 악착같이 챙기며 사고 싶었던 러닝화를 다시 한
번 묵묵히 들여다본다든지…… 초등학생 때 발목이 약해
서 보약을 장복한 적이 있었다는 사실도 갑자기 떠올려내
고…….

쉬는 동안 서울 평창동 가나아트센터에서 하고 있던 시
오타 치하루의 전시도 보았다. 부산에서 열렸던 지난 전시
때의 사진을 보면서 직접 보지 못한 것을 뒤늦게 안타까워
하고 있던 중 알게 된 반가운 소식이었다. 오전에 찾아갔더

니 무척 한산해서 나 말고는 관람객이 몇 명 없었다. 그녀의 오브제들과 드로잉들을 보는 둥 마는 둥 하면서 서둘러 마지막 방으로 향했다. 내가 보고 싶었던 건 사진으로만 보았던 피칠갑한 듯 시뻘건 방이었기 때문이다.

피칠갑의 정체는 붉은 털실이었다. 그것은 아주 복잡하고 집요하게 땅에 고정된 의자들로부터 뻗어나가 천장까지 이어져 있었다. 매듭을 짓고 또 매듭을 짓느라고 오랜 시간이 걸렸을 것 같았다. 섬뜩한 이미지에 이끌려 여기까지 왔는데 정작 이렇게 가까이에서 보니 포근하고 따뜻하고…… 그리고 너무 어려워 아득했다. 영 알 수 없는 내 발목의 문제처럼. 나는 마치 내 안에 들어와 있는 것 같았다. 평소에 무슨 일이 일어나고 있는지 알 도리가 없는 내장의 영역으로 들어와 나를 나로 만들어주고 있는 무수한 혈관들을 마주한 기분이었다. 분명 나의 내부는 이렇게 생겼겠지. 내가 달리는 동안 이 애들이 부단하게 흔들리고 꿈틀거리겠지. 나는 방 안을 왔다 갔다 하면서 내 핏줄들에게 하고 싶은 말을 연신 속으로 중얼거렸다.

'나는 널 정말 모르겠다.'

'내가 어떻게 해야 되는지 모르겠다.'

'네가 원하는 게 뭔지 정말 알고 싶다.'

한참 후 전시장을 나오면서 이번 전시의 주제가 제대로

눈에 들어왔다. 〈Between Us〉. 나는 외부의 나와 내부의 나로 갈라진 우리가 되어 건물 밖으로 나왔다. 비가 거세게 내리고 있었다. 비가 그칠 때까지 건너편 카페에 잠시 앉아서 커피를 한 잔 마시자고 외부의 내가 제안하며 달려 나갔다. 내부의 나도 그 점에 동의했는지 달릴 때 아무 데도 아프지 않았다.

붉은 방 안에서 비로소 확실하게 깨달았다. 달리기, 내 사랑은 내 음악과 글처럼 불확실의 영역으로 영영 가버렸다. 빗속을 잠깐 뛰면서 앞으로도 계속 달리려면 참 갈 길이 멀겠다고 생각하는데 웃음이 갑자기 튀어나왔다. 분명히 절망적이었는데, 이상하게 신이 났다.

시래기 볶음을 만들다가
친구의 바다에 놀러 가기

종종 아침 조깅을 마친 후 땀에 흠뻑 젖은 채로 장을 본다. 무척 허기진 상태에서 하는 음식 쇼핑이기 때문에 필요 이상으로 많은 양을 산다든지 평소라면 사지 않을 먹거리를 산다든지 하는 부작용이 있지만 이대로 먹을 게 하나도 남아 있지 않은 집에 돌아갈 수는 없으니 어쩔 수 없다. 얼마 전 아침에는 조깅을 마치고 장을 보다가 뜬금없이 시래기를 샀다. 물속에 담겨 있는 시래기를 보다가 김치 볶음처럼 시래기를 볶아서 흰밥에 얹어 먹는 장면이 갑자기 떠올랐기 때문이다. 시래기는 처음 사보는 것이었다. 사장님이 얼마큼 줄까, 하고 여쭤보시는데 얼마에 얼마만큼이나 주실는지 알 길이 없어서 그냥 어른 주먹만큼 달라고 하고 달랑달랑 들고 왔다. 집에 도착하자마자 서둘러 쌀부터 씻어서 밥통에 넣고 취사 버튼을 눌러놓고는 핸드폰을 찾았다. '시래기 볶음 만드는 법'이라고 포털사이트 검색창에 입력

하면서 내심 물을 쪽 짠 다음에 프라이팬에 기름을 두르고 된장이랑 들기름이랑 깨랑 청양고추랑 그런 거 넣고 달달 볶으면 되겠지 뭐, 라고 생각했다.

일단 30분 정도 시래기를 푹 끓인 다음……. (뭐?)
시래기가 충분히 식으면 일일이 겉껍질을 벗겨낸 뒤…….
(뭐라고??)

분명 이 블로그의 주인이 유난스러운 깍쟁이인 것일 테다. 다른 레시피를 찾아 블로그를 이것저것 클릭해보았다. 다 같은 말을 하고 있었다. 일단 푹 끓인 다음에 껍질을 벗겨야 된단다. 지금 내가 사온 시래기는 그냥 물에 불린 시래기일까, 한 번 삶은 시래기일까. 껍질까지 벗겨낸 시래기일까, 벗겨내지 않은 시래기일까. 난생처음 시래기를 사본 시래기 초보는 알 도리가 없었다. 일단 블로그에 나온 레시피대로 처음부터 따라 해보아야 하려나. 배고파 죽겠는데 어느 세월에 30분을 삶고 식혀서 껍질을 벗겨낸 다음 볶아서 먹어야 하나. 그냥 다 집어치우고 라면이나 끓여 먹을까.
이런 생각을 하면서 순순히 냄비에 시래기를 넣고 물을 부었다. 삶는 동안 후딱 씻고 오려던 계획도 실패했다. 물이 끓자 냄비 속 시래기가 자꾸만 넘쳤기 때문이다. 가지가

지 했다. 인덕션 앞에 서서 30분 동안 냄비를 들었다 났다 온도를 낮췄다 올렸다 하며 시래기를 삶는 사이 온 방 안에는 한증막 냄새 같은 것이 차올랐다. 잠이 오는 냄새였다. 이제 겨우 1단계를 마쳤을 뿐인데 시래기 볶음이고 뭐고 그냥 이대로 누워 한숨 자다 일어나고 싶었다. 배도 더 이상 고프지 않았다.

껍질을 벗기면서는 옛날 생각이 났다. 엄마가 해주는 반찬은 뭐든지 잘 먹었지만 그중에서도 고구마 줄기 볶음은 내가 게눈을 감추듯이 먹는 것이었다. 보통 주방 일을 시키는 법이 없는 엄마가 하루는 손이 모자랐는지 부탁을 해왔다.

"수진이 지금 안 바쁘면 고구마 줄기 껍질 좀 벗겨줄래?"

오, 엄마가 고구마 줄기 볶음을 해주려나보다! 한밤중에 목이 말라 냉장고 문을 열었다가 고등어를 발견하고 행복해진 김창완 아저씨처럼 신이 나서 방을 뛰쳐나갔다.

"원래 이렇게 껍질을 벗겨서 먹는 거였어?"

내가 묻자, 엄마는 '이렇게 껍질을 벗겨야 안 질기거든' 하면서 대충 껍질 벗기는 법을 알려주곤 다른 요리를 하러 주방으로 사라졌다. 나는 거실에 앉아 TV를 슬쩍슬쩍 보면서 엄마가 가져다놓은 고구마 줄기 껍질을 하나하나 벗기기 시작했다. 시간이 얼마나 지났을까. 아직도 벗겨야 할 고구마 줄기가 소복한데 허리도 아프고 눈도 아프고 손가락도 아팠다. 매번 엄마는 이렇게 일일이 껍질을 벗겨서 만들어주셨던 거구나. 이만큼 소복한 줄기 껍질을 벗겨 요리를 마치면 겨우 반찬 통 하나만 한 양이 나오는 거구나. 먹느라 바빠서 그런 줄도 몰랐구나. 나는 벌떡 일어나 부엌으로 가서 엄마에게 울상으로 소리를 질렀다.

"엄마! 나 이 반찬이 이렇게 고생스럽게 만들어지는지 몰랐잖아! 괜히 너무 미안해!"

엄마는 큰 소리로 웃었다.

"내 새끼, 마트 가면 껍질 벗긴 고구마 줄기 다 판단다. 엄마는 그냥 한가하니까 이렇게 안 다듬어진 거 사는 거야. 이게 더 싸기도 하고. 엄마가 사서 하는 고생이야, 괜찮아."

고구마 줄기만 껍질을 벗기는 건 줄 알았더니만 시래기도 껍질을 벗겨야 하는 거구나. 또 이렇게 손이 많이 가는 나물들이 많이 있겠지, 그래서 나물 요리가 힘들다는 말도 나온 거겠지. 그런 생각들을 하면서 나는 선 채로 시래기 줄기의 껍질을 묵묵히 벗겨냈다.

밍키를 뜬금없이 떠올린 것은 그때였다.

'가만있어봐, 지금 밍키 전시 중이지 않던가?'

내가 밍키라고 부르는 민준기 작가의 전시는 다행히 아직 끝나기 전이었다.

'지금 무슨 반찬을 하나 만들다가 밍키가 전시 중이라는

사실이 생각났습니다.'

시래기 껍질을 벗기다 말고 밍키에게 문자메시지를 보냈다. 대체 무슨 반찬이냐는 그의 답장에 자초지종을 설명했다. 시래기 볶음이 뜬금없이 먹고 싶어서 처음 시래기라는 것을 사보았는데 30분을 삶고, 그러고 나서는 껍질도 벗겨야 했다고. 그래서 껍질을 무한 반복으로 벗기다가 문득 밍키 생각이 났다고. '절묘하다!'라고 답장이 왔다.

민준기의 작품은 한지를 찢어서 만든다. 멀리서 얼핏 보면 독특한 사진 같기도 하고, 투명한 수채화 같기도 하지만 가까이 다가가 보면 한지를 일일이 찢어 붙여 재구성한 작품이라는 것을 알게 된다. 나물 줄기의 껍질을 벗기다가 한지를 찢는 밍키를 떠올려내다니 나도 잠깐씩은 영특하고 웃긴 것 같다. 만들던 반찬을 마저 만들고 전시를 보러 가겠다고 밍키에게 말했다.

세상에 존재하는 모든 수분을 말려버리겠다는 듯 태양이 괴물처럼 작열했다. 뫼르소가 생각나는 날이었다. 강한 빛 때문에 눈을 계속 게슴츠레 떠서 그런지 택시 기사님이 분명 갤러리 근처에 내려주셨는데도 갤러리를 잘 못 찾았다. 주변을 헤맸다. 잠깐 헤맸는데도 일사병에 걸리는 줄 알았다. 겨우 찾은 갤러리 안으로 들어가 차가운 콘크리트 벽에 걸린 파란 작품들을 보자 얼음물을 몇 모금 벌컥벌컥 마신 것처럼 살 것 같았다. 바다가 가득했다. 한지라는 질감 때문인지 민준기의 작품들은 언제나 따뜻한 느낌이었는데 이번 전시는 따뜻하면서도 청량하고 차가웠다. 바다 위 윤슬은 정말로 눈이 부셔서 바깥에서 그랬던 것처럼 또 눈이 게슴츠레해지는 것 같았다. 작은 갤러리 안을 연거푸 동그랗게 돌면서 나는 그가 만들어낸 바닷가를 거닐었다.

완성된 시래기 볶음은 마치 휴지 뭉치를 물에 흠뻑 적셨다가 다시 꼭 짜낸 뒤 손으로 뜯어 먹는 것 같은 식감을 냈다. 그래도 먹는 내내 기분이 좋았다. 이 요리 덕에 하마터면 못 볼 뻔했던 친구의 바다에 다녀올 수 있었으니까 말이다. 만들어보길 잘했다. 다음엔 더 맛있게 해볼 수 있을 것 같다. 잊고 있었던 소중한 약속이 또 떠오를 수도 있다.

모른다는 말로 도망치는 사람과
모른다는 말로 다가가는 사람

서울 망원동에 '강동원'이라는 중국집이 있다는 것을 알
려준 사람은 매거진 〈PAPER〉의 정유희 편집장이었다. 진
즉부터 유명한 가게였던 것 같은데 나는 이제야 그런 가게
가 있다는 걸 알았다. 우리는 강동원에서 만나기로 했다.
선선한 가을 밤바람을 맞으며 친애하는 몇 사람과 함께 맛
있는 중국 요리에 고량주를 한잔 걸칠 계획이었다. 내가 가
장 먼저 약속 장소에 도착했다. 실제로 간판을 보니까 더
웃겼다. 강동원이라고 적힌 가게 간판을 핸드폰으로 연신
찍고 있는데 정유희와 이제석(광고천재)이 함께 도착했다.
안녕, 활짝 웃으며 다가와 플라스틱 의자에 털썩 앉는 정유
희의 손에는 반창고가 붙어 있었다.
"거기 왜 그래요, 다쳤어?"
내가 묻자 정유희가 웃으며 말했다.
"물렸어. 고양이한테."

고양이가? 보통 고양이는 발톱이 먼저 나가는 동물 아니던가. 의아해하는 나에게 그가 말했다.

"내 말이. 아주 지가 개인 줄 아나봐. 내 손을 그냥 콱 물고 안 놔주는 거야."

그러고선 돌연 표정을 바꾸었다.

"나 정말 아팠어. 손가락, 겨우 이거 물리는 게 얼마나 아프던지 넌 상상도 못 할 거야. 나도 이 정도일 줄 몰랐다니까. 옛날 옛적에는 산길 같은 데에서 짐승들한테 크게 물리고 그래서 죽는 사람들도 많았을 거 아냐. 아니 그 사람들은 진짜…… 대체 얼마나 아팠겠냐고!"

아픔을 조금도 폄하할 생각은 없지만 고양이에게 손가락을 물리며 갑자기 아득한 태곳적 인간 조상님들의 아픔까지 공감해버리는 심각한 얼굴을 마주하고 있자니 너무 귀여워서 안 웃을 수가 없었다. 남의 아픔 앞에서 파하하 웃는 사이 특수 청소 노동자이자 작가인 김완이 도착했다. 그는 얼마 전 자신이 하는 일에 대한 책 『죽은 자의 집 청소』(김영사)를 썼다. 그 책은 놀랍도록 많은 관심과 사랑을 받고 있다. 그 관심과 사랑 속에는 나와 정유희의 몫도 포함되어 있다. 실은 강동원도, 선선한 가을 밤바람과 고량주도 모두 김완을 만나고 싶은 마음으로 계획한 것이었다. 홀로 죽은 사람의 집이나 어떻게 손을 쓸 도리가 없이 쓰레기가 가득한 집을 치우는, 특수 청소라고 불리는 일을 하는 김완을 직접 만나는 것은 우리 모두 처음이었다. 아무리 그 일의 단편을 책으로 확인했다고 해도 실은 더 많은 이야기를 듣고 싶었고, 동시에 그 일을 듣는 것이 조심스러웠다. 미리 사진 속에서 확인한 그의 예민한 눈매를 직접 앞에 두고 보자니 더더욱 그랬다. 그러나 이제석은 김완의 무거운 책을 아직 읽지 못했고, 그래서인지 쭈뼛거리는 정유희와 나보다 한결 산뜻하고 대담한 태도로 이것저것을 물어보았다.

"막 쓰레기가 쌓여 있는 집 청소하러 가시면 속으로 부글부글할 때 없으세요? 솔직히 저는 좀 거기 사는 사람이 한심해 보일 때도 있을 거 같아요."

아무 말하지 않았지만 속으로 이제석의 말에 백번 동의했다. 나는 김완을 바라보았다. 가만히 있을 때에도 조금 찡그려져 있는 미간에 힘이 들어가는 것이 보였다.

"그런 분들이 막상 알고 보면 아주 꼼꼼하시거나 완벽주의적 성향이 있을지도 모릅니다. 지옥 같은 집을 치우다가, 안에 뭐가 들어 있는지 세세하게 라벨링이 되어 있는 수납장을 마주하기도 해요. 그런 것을 보면 원래부터 이런 사람이 아니었을 거라는 예감이 조심스럽게 듭니다. 대체 어떤 아픔이 있어 그런 단정한 일상을 다 놓아버리게 된 건지 저는 잘 상상이 안 되고……. 또 마음대로 상상해서도 안 된다고 생각합니다. 그런 곳을 청소하러 가면서 거기 살던 분들에 대한 판단을 일절 하지 않으려고 노력합니다. 보이는 것만으로 결코 다 알 수 없을 테니까요. 거기 깃든 아픔들은 제가 파악하기에는 너무나 복잡합니다."

김완과 비슷한 사람을 본 적이 있다. 몇 개월 전 여름, 제주에서 한 전시를 관람했다. 〈거룩함의 거룩함〉이라는 이름의 전시였다.

나는 거기서 방문객을 위해 준비되어 있는 노지귤을 조물락거리며 어떤 퍼포먼스 영상을 반복해서 보았다. 고승욱이라는 작가의 작품이었다. 영상 속에는 한 남성이 등장한다. 고승욱 작가 본인일 것이다. 그는 어떤 공간에 찾아간다. 사찰 같다. 거기서 그는 커다란 기도용 초가 경건하게 타고 있는 함 속으로 손을 쑥 집어넣는다. 그러고는 다 타고 바닥에 눌어붙은 파라핀 조각들을 줍는다. 비닐봉투에 모은다. 그런 행동을 반복한다. 장소가 달라진다. 촛불집회가 한창인 시절의 광화문이다. 수많은 인파가 오고 가는 인도 한편 가로수에 빵빵한 채로 기대 세워져 있는 쓰레기봉투들을 그가 쓰러뜨린다. 그 안에서는 사람들이 집회 때 사용한 종이컵과 타다 남은 초가 우수수 쏟아져 나온다. 그 초 조각을 줍는다. 비닐봉투에 모은다. 쪼그려 앉아 그 일을 반복하는 그의 곁으로 수많은 사람들의 다리들이 오고 간다. 다시 장소가 바뀐다. 남성의 작업실 같다. 그는 주운 초의 조각들을 커다란 양동이에 붓고 그것을 한데 녹인다. 그리고 다시 초를 만든다. 그가 투박하게 만든 초는 아무렇게나 생긴 돌을 닮았다. 다시 장소가 바뀐다. 처음의 그 사찰이다. 기도용 초가 여전히 묵묵히 타고 있다. 그는 자신이 만든 초를 옆에 같이 두고 불을 붙인다. 버려진 각종 익명의 아픔들은 그렇게 모여 하나의 불꽃이 된다. 그 아픔들이 정확히 어떤 아픔들인지 남성은 알지 못하고, 알 자격이 있지도 않다고 여기는 듯하다. 그저 그는 아픔 자체에 붙어 있는 숨에 다가갈 뿐이다.

나는 복잡한 아픔들에 주로 모른다는 말로 안전하게 대처해왔다. 빼어나고 노련하게, 그리고 예의바르게 '저는 잘 모르겠습니다, 죄송합니다'라고 말했다. 손사래도 치고. 뒷걸음질도 친다. 그 와중에 김완이나 고승욱 같은 사람은 모르는 채로 가까이 다가간다. 복잡한 아픔 앞에서 도망치지 않고, 기어이 알아내려 하지도 않고 그저 자기 손을 내민다. 모른다는 말로 도망치는 사람과 모른다는 말로 다가가는 사람. 세계는 이렇게도 나뉜다.

심보선 시인은 시는 두 번째 사람이 쓰는 거라고 했다. 두 번째로 슬픈 사람이 첫 번째로 슬픈 사람을 생각하며 쓰는 거라고. 나는 부드러운 가을의 밤바람을 맞으며, 맛있는 요리를 먹으며, 김완의 시를 경청했다. 그는 내 바로 앞에 앉아 있었지만 목소리는 아주 먼 곳에서, 내가 있는 곳과 다른 세계에서 들려오는 것 같았다.

할아버지

나는 '할아버지'라는 호칭을 거의 써보지 못하고 컸다. 친할아버지는 내가 태어나기 전에 돌아가셨고, 외할아버지도 내가 태어나고 얼마 안 되어 돌아가신 걸로 알고 있다. 외할아버지의 제삿날 찍힌 내 사진이 있다. 사진 속의 나는 큰 자줏빛 고무 다라이를 양손으로 짚고 겨우 두 발로 서 있다.

초등학교에 입학했을 즈음 살았던 월셋집의 주인이 처음으로 내 생의 반경에 존재한 할아버지였다. 한 마당을 두고 집주인과 세입자가 빙 둘러 함께 사는 구조였기에 밤낮으로 러닝셔츠에 헐렁한 바지 차림을 한 흰머리 남성을 마주하며 지냈다. 어느 날, 나는 마당에서 놀며 무심코 몸을 숙였다가 주인집 쪽 마루 밑에서 어떤 유리병을 발견했다. 분홍빛을 띠는 작은 덩어리들이 옹기종기 액체 속에 담겨 있었다. 백기녀를 통해 그 작은 덩어리들이 쥐의 새끼들이라는 것을 알았다. 그 뒤로 종종 쪼그려 앉아 집주인 할아버지가 담갔을 쥐술을 한참 들여다보곤 했다. 크고 더럽고 진한 회색빛을 띠는 게 내가 알고 있는 쥐의 모습이었는데 병 속에 있는 쥐들은 털도 없이 막 껍질을 깐 작은 과일 같았다. 나는 그때 처음 '야만'에 대한 혐오를 막연하게 느꼈던 것 같다. 침침한 곳에 놓여 있는 병을 한참 동안 바라보고 있으면 그 덩어리 속에서 자는 듯한 눈도, 코의 윤곽도 발견할 수가 있었는데 그때마다 이상한 미안함과 화에 동시에 사로잡혔다.

한번은 마당에 상을 펴고 앉아 숙제를 하고 있는데 집주인 할아버지가 꽃에 물을 주는 척하면서 나한테 물을 뿌렸다. 갑자기 머리며 옷이 젖어 있는 내 모습을 이상하게 여긴 백기녀에게 이 이야기를 했을 때 그가 혼잣말로 과격한 욕을 했던 것이 기억난다. 물을 맞은 것은 조금도 불쾌하지 않았지만 욕을 하던 백기녀의 사무친 듯한 태도가 내 마음을 분명하게 만들었다. 그 이후부터 집주인 할아버지를 아주아주 미워했다.

내 인생의 두 번째 할아버지는 내가 살던 동네의 복덕방 주인이었다. 그는 동네에서 곱상한 남자애들의 고추를 만지고 다니는 것으로 악명이 높았다. 당시 나는 초등학교 4학년이었는데 왜였는지 남자처럼 머리가 짧았다. 백기녀와 함께 목욕탕에 들어서면 옷을 갈아입던 나체의 아주머니들이 움찔하며 "아니 저렇게 다 큰 아들내미를 여탕에 데리고 오는 여편네가 어디 있느냐"는 말을 대놓고 하곤 했다. 나는 백기녀의 억울함을 걱정하느라 목욕탕에 갈 때마다 최대한 빠르게 팬티를 벗으려고 노력했다. 동네를 오가면서 복덕방 할아버지를 수시로 마주칠 때마다 할아버지는 꼬추 한번 만져보자, 하면서 지팡이를 짚고 어기적어기적 다가왔다. 재빠른 내가 잡힐 일은 없었지만 가끔은 너무 가까운 곳에서 맞닥뜨리는 바람에 등골이 오싹한 순간도 있었다. 나는 "저는 꼬추가 아니에요"라고 외치며 도망을 다니다가 단발머리가 되었다. 복덕방 할아버지의 관심도 그제야 멈췄다.

학창 시절, 공부 못하는 학생들이 으레 그렇듯 나도 선생들께 맞았던 몇 번의 경험이 있다. 그러나 그 가운데 납득할 수 없는 이유로 나를 때린 건 우연히도 할아버지 선생이었다. 중학생 때 한문을 가르치던 할아버지 선생은 얌전히 앉아 있던 나를 앞으로 불러내 손바닥을 빗자루 손잡이로 때렸는데 그의 표현에 따르면 내 표정이 기분 나쁘다는 것이 이유였다. 후에 고등학생 때 독일어를 가르쳤던 할아버지 선생에게도 맞았는데 이유는 아직까지 모른다.

친인척 관계로서 할아버지를 경험해보지 못했고 다른 할아버지들과 다정한 라포를 형성해보는 데도 실패한 나

100

는 어른이 되면서 나조차도 눈치채지 못할 만큼 자연스럽게 할아버지들을 슬금슬금 피하며 사는 사람이 되었다. 그러다 얼마 전, 한 할아버지랑 마주 앉아 같이 저녁 식사를 했다. 별일 아니지만 또 마냥 별일 아닌 것만은 아닌 게 살면서 할아버지와 함께 앉아 밥을 먹은 것은 이때가 처음이었기 때문이다. 이 할아버지는 친구 박승호 때문에 알았다. 박승호는 내가 훌쩍 어른이 되어서 사귄 친구인데, 처음에는 교수님이라고 불렀다. 그런데 당사자가 그 호칭을 거북해했고 나 역시 나보다 나이가 많은 친구를 선생님, 교수님, 님, 씨, 언니, 오빠 같은 호칭으로 부르는 게 내심 거추장스러워 그냥 서로를 가볍게 형이라고 부르기로 했다.

작년 여름, 박승호는 "울 아버지 전시회 하는데 올래?" 하고 나풀나풀한 톤으로 말했다. 그 나풀나풀한 목소리 때문에 박승호가 말하는 모든 일은 대수롭지 않게 여겨지곤 했다. 나는 그가 오라는 곳으로 갔다가 내가 지나치게 가벼운 마음으로 왔다는 걸 알았다. 벽에 박승호의 아버지 이름이 크게 적혀 있었다. '박서보'. 아주 유명하고 존경받는 할아버지라는 것을 그곳에 모인 사람들과 분위기를 보고 바로 알 수 있었다. 근사하고 기품 있어 보이는 사람들이 큰 미술관을 가득 채웠다. 내가 이 무리의 일부가 되고 있다고 생각하니 자연스럽게 우쭐해졌다.

그 전시는 회고전, 벌써 두 번째 열리는 것이라고 했다. 과연 평생에 걸친 성실함이 적나라하게 위아래 층으로 펼쳐져 있었다. 섬뜩한 성실함에 몸서리를 치며 할아버지의 작품들을 천천히 둘러보았다.

대체로 그림에는 입이 있다. 그래서 말한다. 가치관, 세계관, 시선과 꿈, 욕구와 불만을 있는 힘껏 표현한다. 하고 싶은 말이 없다고 해도 그 없음을 말한다. 자연스럽게 그림을 감상하는 사람은 경청한다. 어떻게든 작품의 목소리를 들어보려고 노력한다. 그것이 보통 작품과 감상자가 맺는 관계일 것이다. 그런데 할아버지의 작품 앞에서는 그 관계가 거꾸로 된 듯한 느낌을 받았다. 거기에선 입이 느껴지지 않았다. 말하고자 하는 의지가 보이지 않았다. 오히려 기다리는 것 같았다. 감상자의 이야기를 말이다. 그걸 모두 씨앗처럼 받아내 심을 것처럼 작품들은 숭고한 밭고랑의 모습을 하고 있었다. 그리고 가만히 내 이야기를 기다리고 있었다.

나는 이게 과연 가능한 일인가 싶어 작품들 앞에서 연신 고개를 갸우뚱했다. 들어주는 예술이라는 것이 가능하다니. 음악이어도 그것이 가능할까? 나는 들려주기 위해서가 아니라 듣기 위해서 노래를 부를 수 있을까? 이런 생각을 하면서 인파 속에서 박승호를 찾았다. 겨우 찾은 박승호에게 다가가 조용히 "형네 아빠는 정말 짱이다"라고 말했다.

일 년 후 박승호는 "아버지 모시고 다같이 제주 내려가는데 같이 밥 먹을래?" 하고 또 나풀나풀 연락해왔다. 나는 이종수와 함께 만나기로 한 음식점으로 찾아갔다. 할아버지 박서보와 그 아들 박승호, 그리고 또 그의 아들 박지환. 이렇게 삼대 앞에 앉아 있자니 어쩐지 드라마 속 풍경 같았다. 할아버지에게 "안녕하세요" 한마디 하는데 너무 많은 에너지를 써버려서 다른 말을 한마디도 하지 못했지만 다행히 할아버지가 말씀을 많이 하셨다. 작품으로는 철저히 드는 포즈를 취하는 화가이지만 그냥 한 사람의 할아버지로서는 수다스러웠던 그의 얼굴을 훔쳐보면서 동질감을 느꼈다. 나 역시 음악가 혹은 작가로는 내 본래의 모습과 영 딴판의 포즈를 취하고 있으니 말이다.

"자, 우리 예술가의 포즈를 위하여!"

차가운 정종을 홀로 천천히 마시는 할아버지를 향해 속으로 소심하게 건배하고 벌컥벌컥 맥주를 마셨다. 할아버지가 느릿하게 말했다.

"나는 평생을 비워내고 비워내면서 그림을 그렸어. 이젠 그걸 신경 쓸 필요도 없어졌어. 그냥 몸 가는 대로 하면 되는 거야. 고민할 필요도 없고 즐겁게 그리는 거지. 내가 이제야 그림 그리는 것이 즐겁다고 말해. 물론 그 과정은 굉장히 고통스럽지. 근데 그 고통을 통해서 엄청난 즐거움을 느끼거든. 그게 내가 이전하고 달라진 점이야. 90이 되어서 처음으로 그림 그리는 게 즐겁다고 말하게 된 거지."

잠깐의 틈에 박지환이 끼어들었다.

"역시 그림 그리면 안 되겠다."

왜, 하고 박승호가 묻자 박지환이 대답했다.

"90살 되어야 즐겁다잖아."

내가 박장대소하는 사이 할아버지는 다정히 덧붙였다.

"내가 손자 보고 늘 얘기해요. 그림 그려라, 부담 갖지 말고 그냥 즐겁게 그림 그려라. 할아버지처럼 평생을 전투하듯 살지 말아라. 편안하게 즐겨라. 그림도 그리고 사진도 찍고."

이번엔 박승호가 끼어들었다.

"억장이 무너져요, 억장이! 나한테는 그림 그리지 마라, 배고프다. 글쓰지 마라, 배고프다. 디자인해라, 거기에 미래가 있다. 교수 해라, 월급 잘 나온다……."

"내리사랑이야. 내려갈수록 귀여운걸. 자식이랑 손자는 달라."

할아버지가 간단하게 정리했다. 나는 박승호에게 말했다.

"형, 그래도 형은 되게 좋은 아들이었다. 아버지가 시키는 대로 다 이뤄드렸잖아. 디자인해서 교수님도 되고."

"응. 난 떳떳해!"

늘 나풀거리듯 말하는 박승호는 웬일로 대쪽처럼 대답했다.

"내가 그림 하면서 엄청난 고생을 했거든. 그걸 되풀이하게 하기 싫은 거지. 그런데 벌써 한 대가 넘어서니까 시대가 바뀌었고, 이젠 그렇게 살아도 된다는 생각이 들었어. 그 차이예요."

손자를 위해 최고급의 캔버스를 준비하고, 가지고 있는 고가의 카메라도 기꺼이 손에 쥐여주는 할아버지의 이어지는 이야기를 들으며 이종수는 "으아, 저도 선생님 손자가 되고 싶네요!" 하고 말했다. 실은 나도 속으로 비슷한 생각을 했다. 손자가 되어서 "할아버지" 하고 불러보고 싶다고. 그래도 이 글을 쓰면서 할아버지, 할아버지, 할아버지, 할아버지 원없이 적었으니 되었다.

할아버지는 음식들을 다 맛있게 드셨다. 나도 많이 먹었다.

외로운 사람, 힘든 사람, 슬픈 사람

중림동은 끊임없이 변화해야 하는 현대의 서울 속에서 숨바꼭질에 늘 성공해왔다. 그곳의 한 불법 창고를 개조해 만들어졌다는 어반스페이스오디세이(USO)가 자리한 골목에 처음 가보았을 때, 서울역과 충정로역 사이라는 막강한 현대적 공간에서 여긴 어떻게 이토록 오랫동안 과거의 모습을 고스란히 간직할 수 있었는지 신기할 따름이었다.

경사지고 좁은 골목길 모양을 따라 길고 단정하게 지어진 어반스페이스오디세이는 매거진과 도서뿐 아니라 각종 도시적이고 감각적인 콘텐츠를 종횡무진 만들어내는 사람들의 손길을 거쳐 완성되었다고 한다. 그 때문인지 마치 종이 매거진이 공간화된 듯한 느낌이 일었다. 또한 그 공간에서는 서울에서 살아가는 사람들을 다정히 부르는 모임들이 소소하고 꾸준하게 이루어지는 중이기도 했다. 감사하게도 나에게도 그 모임의 호스트가 될 기회가 찾아왔다.

"이곳에서 일고여덟 명의 사람들과 함께 재밌게 해볼 만한 게 뭐가 있을까요?"

어반스페이스오디세이의 공동 창설자 박지호가 미팅 중 내게 물었다.

"일단은 뭘 같이 읽어보는 독서 모임이 떠오르기는 해요. 다만 그간 읽어보지 않았던 것을 읽어보면 어떨까요."

"이를테면요?"

"네? 아니 뭐, 희곡이라든가……."

솔직하게 고백하자면 분명한 계획을 가지고 내뱉은 말은 아니었다. 그저 흔하지 않은 장르를 생각하다가 즉흥적으로 떠오른 것이었다. 그런데 박지호는 그런 나의 대책 없음을 턱 하고 물었다.

"오, 희곡이라, 그거 재밌겠네요. 그럼 잘 준비해주세요!"

이제 대책이 필요해졌다. 집에 돌아와 곰곰이 생각해보니 여러모로 희곡 읽기는 흥미진진할 것 같았다. 각자에게 배역을 부여하고, 자신이 맡은 인물이 되어 소리 내 대사를 읽다보면 자연스레 감정이입이 되면서 목소리뿐 아니라 몸의 다른 영역도 반응할 것 같았다. 드라마나 영화, 연극을 준비하는 배우들이 다 같이 모여 미리 리딩을 해보는 것과 비슷한 상황이 연출될 것도 같았다. 다만 문제는 그 자리에 참석할 사람들뿐 아니라 호스트인 나까지도 꼼짝

없이 미숙할 것이라는 점이었다. 아무래도 그 자리에 전문가가 한 명 있어야겠다는 생각이 들어서 한동안 소원하게 지낸 연극배우 양동탁에게 오랜만에 연락해 도움을 요청했다. 희곡 자체를 많이 읽어보지 못해 우왕좌왕하던 나는 양동탁의 도움으로 극작가이자 연출가인 윤성호의『외로운 사람, 힘든 사람, 슬픈 사람』(이음)이라는 희곡집을 읽게 되었다.

책 속에는 인문사회과학 계간지 〈시대비평〉을 만드는 잡지사가 등장한다. 사람들에게 거듭 잊히고 있는 〈시대비평〉은 이제 망하는 일만 앞두고 있다. 그곳에 마지막 안간힘처럼 광고계 출신의 새 편집장이 부임한다.『외로운 사람, 힘든 사람, 슬픈 사람』은 안톤 체호프의「바냐 아저씨」를 원작으로 하고 있다. 우리 실정에 맞게 재탄생된 한 잡지사 사무실이라는 공간을 외롭고 힘들고 슬픈 일곱 명의 사람들이 분주히 들락날락하며 각자 분명치 않은 대상과 고독하게 분투한다. 이 희곡집을 읽으며 나 역시 망하는 일만 남은 어떤 공간에서 일했던 때가 있었던 것을 기억해냈다.

이십 대 초반, 서울 수유리의 한 호프집에서 아르바이트를 한 적이 있었다. 밤이면 휘청거리는 젊은이들이 넘쳐흐르는 유흥가에 있는데도 그 술집만은 하루에 두세 테이블이나 올까 말까 했다. 나는 거기서 대체로 멀뚱하게 서 있거나 뜻 없이 테이블 사이를 오가거나 하며 할당된 시간을 버티다가 가끔 우연히 들어온 손님들이 가게 안을 채우는 망조의 공기에 귀신이라도 본 듯 질겁을 하고 다시 나갈 때 깍듯하게 "감사합니다, 또 오세요" 하고 인사하는 일을 했다. 정말 가끔 어떤 손님들은 나가지 않고 선의와 연민으로 무장한 채 자리를 잡고 앉기도 했다. 그것은 다행스러우면서도 가장 피하고 싶은 순간이기도 했다. 왜냐하면 손님이 앉으면 각종 게임 도구가 들어 있는 카트를 끌고 손님에게 다가가 그들과 기괴한 내기 게임을 하면서 주문을 받아야 했기 때문이었다. 왜 주문을 그런 식으로 받아야 하는지 도저히 이해할 수 없었지만 아무튼 그것은 나의 일이었다. 내기 게임이므로 승자도 패자도 벌칙도 있었지만, 아무도 욕망하지 않는 가운데 썰렁하게 벌어지는 내기란 그저 모두를 천천히 비참하게 만들 뿐이었다. 매니저에게 제발 이 끔찍한 주문 방식을 그만두자고 사정했지만 그때마다 그는 한숨만 쉴 뿐이었다. 혹시 사장이란 사람은 이 내기 게임이 망해가는 가게를 살릴 유일한 방법이라고 생각하는 것일까? 결국 나는 도망치듯이 그 일을 그만두었다. 하필 떠오른 것이 술집 아르바이트 시절이라서였는지 다 읽고 나자 자연스레 술이 당겼다. 서둘러 캔맥주를 따서 홀짝거리며 처음 보는 사람들과 무릎을 모으고 둥글게 앉아 쓸쓸하게 이 책을 읽는 모습을 상상했다.

세션 당일 나와 양동탁은 한 시간 정도 일찍 만났다. 그동안 잘 지냈는지 안부도 묻고 근황도 묻고 행사를 어떻게 진행하면 좋을지 의견을 나누는 사이 사람들이 하나둘 도착했다. 원작자인 윤성호 작가도 자리에 함께해주셨다. 너무나 기쁘고 감사했지만 이 희곡을 쓴 당사자이니만큼 행사가 지루하거나 뻘쭘하지 않아야 한다는 긴장도 덩달아 극심해졌다. 그리고 내가 긴장할 때마다 그렇듯 필요 이상으로 쾌활해졌다.

나는 간단하게 양동탁과 윤성호 작가를 소개하고 희곡을 어떤 방식으로 다같이 낭독하게 될 것인지 설명했다. 세션에 참여한 사람들이 그때부터 당황하기 시작했다는 것을 후에 알았다. 알고 보니 그들은 다같이 소리 내어 읽는 것이 아니라 나와 연극배우 양동탁만 낭독을 한다는 줄로 알고 그저 그것을 편안히 구경하러 온 것이었다. 나는 사람들의 당황을 전혀 눈치채지 못했다. 다들 마스크를 쓰고 있어서 표정을 정확히 알기 어렵기도 했고, 그때의 내가 너무 쾌활했기(긴장했기) 때문이기도 했다.

"자! 그럼 프롤로그부터 읽어보기로 해볼까요! 먼저, 새로 온 편집장인 '서상원'이라는 인물, 읽어보고 싶으신 분?"

아무도 손을 들지 않았다. 시간이 계속 흐르고 있는데,

아무도 움직이지 않았다. 나는 윤성호 작가님을 연신 의식하면서 의식하지 않는 척을 하느라 숨이 찼다. 얼마간의 시간이 흘렀는지 모를 때 양동탁이 느긋하게 말했다.

"뭐, 처음이니까 그냥 앉은 순서대로 인물을 담당해서 읽어보죠. 그러다 다음 장에서는 인물을 서로 바꿔도 보고요."

사람들은 자기가 맡은 인물의 대사를 주춤거리며 읽기 시작했다. 조금씩 조금씩 읽어갈수록 과연 사람들은 긴장을 풀고 내 예상대로 몸을 쓰기 시작했다. 미간을 쓰고, 손을 쓰고, 기쁨이나 아쉬움이나 분노를 표현할 때 더 적극적으로 호흡을 활용했다. 중간중간 배역을 바꿀 때에도 처음에 비해 한결 용기 있게 손을 들었다. 다른 사람에게 적당한 배역을 권유하기도 했다. 어떤 분이 나에게 '장샘이'라는 인물을 읽어달라고 부탁했다. 등장인물 중에 가장 어린 캐릭터였다. 내 목소리는 이십 대가 되어보려고 톤이 더 높아졌다. 극은 점점 위기-절정으로 이어지고 있었다.

그 자리에 온 사람 중에는 '신봉수'라는, 나의 오랜 팬이자 친구가 있었다. 나는 그가 낭독하는 느리고 차분한 목소리를 들으며 극중 체념적 인물인 '박용우'에 잘 어울린다고 생각했다. 이제 4막 2장을 읽을 차례였다.

"봉수씨, 이번 장은 봉수씨가 박용우를 맡아주시면 안

될까요."

신봉수는 순순히 고개를 끄덕였다. 그리고 박용우의 대사들을 읊기 시작했다.

—내가, 내가 얼마나 외로운지 알아요?

신봉수가 이 대사를 읽었을 때 우리는 깜짝 놀랐다. 배우의 것이 아닌 단련되지 않은 억양이 더 놀라운 현실감을 준다는 걸, 그리고 그 어떤 코미디보다 더 큰 웃음도 선사해준다는 걸 신봉수가 보여주고 있었기 때문이었다.

—알잖아요. 누군가와 같이 안고 있는 기분. 너무 오래된 것 같아요. 황폐해요. 아무도 없어요. 이젠 브래지어 푸는 방법도 잊어버린 것…….

이어지는 박용우의 대사를 신봉수가 진심을 다해 읽어나갈 때, 우리 모두는 웃느라 다들 정신을 차리지 못했다. 짐짓 의젓하게 앉아만 계셨던 윤성호 작가가 막판에 눈치 없는 '조형래' 역을 맡아 김광진의 〈외로운 사람 힘든 사람 슬픈 사람〉을 부르며 오늘의 세션은 대성공으로 마무리될 수 있었다.

행사가 끝나고 나를 기다리고 있던 신봉수와 홍대까지 걸어왔다. 어떻게 그런 연기가 나왔냐고 내가 놀라워하자 신봉수는 요즘 정말 외로웠다는 의외로 간단한 대답을 내놓았다. 극중 인물의 마음에 자신을 담아낸 그의 얼결의 용기에 나는 감명을 받았다. 신봉수도 역시 다른 사람들을 보며 같은 감명을 받은 것 같았다.

"어쩜 그렇게 다들 연기해본 적도 없으시면서 잘하시던 지, 진짜 놀랐어요. 배우처럼 다듬어진 톤은 아니었지만 그래서 뭔가 더 정말 같았어요. 아까의 우리들을 보자니 예술이란 것이⋯⋯."

나는 그의 말을 이었다.

"참 흔한 거였어요."

"맞아요."

선선한 여름밤 공기 속을 천천히 걸어 홍대입구역 근처 마을버스 정류장 앞에서 신인 배우 두 사람은 손을 흔들며 헤어졌다.

나는 나의 남은 인생을 내 주변의
멋진 사람들을 흉내 내면서 살고 싶다

'나는 나의 남은 인생을 내 주변의 멋진 사람들을 흉내
내면서 살고 싶다.'

이 말을 벌써 몇 번째 하고 있는 건지 모르겠다. 한번 우
린 녹차 티백을 몇 번이고 우리듯 나는 이 문장을 여러 곳
에서 우리고 있다. 그러나 그 점에 대해 사실은 조금도 마
음에 걸리는 것이 없다.

2007년 공식적으로 데뷔한 이래 내 이름은 요조이고 이
이름은 일본 소설가 다자이 오사무의 『인간 실격』이라는
책의 주인공에서 따온 것이라는 말을 정말 열심으로 말해
왔다. 무려 약 13년간의 광고였던 셈이다. 그러나 "요조?
요조숙녀의 요조인가요?"라고 묻고는 자기 혼자 웃기다고
웃는 사람을 아직까지도 제법 만난다. 그러면서 내린 두
가지 결론이 있다.

1. 내 주변 훌륭한 직업인의 공통점: 토할 만큼 반복해온 말을 매번 처음 하는 것처럼 한다.

2. 지난 13년간 말해왔는데도 이렇게 모르는 사람이 많다는 것이 시사하는 점: 앞으로 평생 했던 말을 또 하고 또 하더라도 사람들이 지겨워할 리 없을 것이다.

이런 경험을 통해 이제는 했던 말을 반복하는 일에 제법 느긋한 사람이 되었다. 공연할 때마다 했던 말을 또 하고 또 하고……. 인터뷰 때마다 했던 말을 또 하고 또 하고……. 주변의 멋진 사람들을 흉내 내면서 살겠다는 말도 신나게 떠벌리고 있다. 자, 그럼 지난 몇 개월 동안 누구를, 무엇을, 어떻게 따라 하며 살고 있는지 중간보고를 해보려고 한다.

나는 거칠게 세 사람을 따라 하고 있다(자잘하게는 더 많다). 공교롭게도 그 세 사람은 내가 평소에 비웃고 놀리는데 주력해왔던 자들이다. 그런데 지금은 따라 하고 있다. 하나하나 이야기해보겠다.

1. 장강명의 스톱워치 워킹working

〈책, 이게 뭐라고〉라는 팟캐스트를 장강명 작가와 함께하면서 그를 한 달에 두 번 정기적으로 만났다. 그러면서 알게 된 것들이 있다. 그중 하나는 그가 평소에 스톱워치를 두루두루 즐겨 사용한다는 점이다. 작업할 때 스톱워치를 애용한다는 말은 장강명이 인터뷰할 때마다 자주 밝힌 걸로 알고 있다. 아마 많은 사람들이 노트북을 펼쳐놓고 핸드폰으로 스톱워치를 켠 뒤, 타닥타닥 자판을 두드리는 고독한 소설가의 모습을 상상할 것이고 물론 나도 그런 모습을 상상했다. 그러나 실제로 확인하게 되는 그의 스톱워치 사용 사례는 비단 작업할 때뿐이 아니었다. 예전에 나는 팟캐스트 녹음을 마치고 다 같이 뒤풀이하는 자리에서도 스톱워치를 켜는 장강명을 본 적이 있다. 먹고 마시고 해이해져야 하는 것이 마땅한 술자리에서조차도 스톱워치를 켜놓다니 정말 징그럽게 시간에 야박한 사람이로구나. 내가 본 것은 고독한 소설가라기보다 고약한 스크루지 영감님에 가까운 인물이었다. 장강명은 응가를 하면서도 스톱워치를 켜놓겠구나. 어떤 슬픈 일이 있어 눈물을 흘리면서도 장강명은 너무 지나치게 오랫동안 울지 않기 위해 오른손으로 슬그머니 스톱워치를 켜고 있으리라. 나는 그 뒤로 장강명을 (스크루지는 생략하고) 영감님이라고 불렀다.

그러던 어느 날, 나에게 어떤 위기가 있었다. 이른바 마감 폭탄이었다. 한 달에 한 번 써야 하는 원고, 계절에 한 번 쓰는 원고, 7주에 한 번 쓰는 원고 등등 다양한 마감 주기를 갖고 있는 그들이 마치 태양계를 공전하는 행성들이 우연히 일렬로 정렬하듯이 동일한 마감일에 우르르 줄을 섰다. 거기에 너무 좋아하는 작가님의 신간 추천사, 애독하는 매체의 칼럼 청탁 등등 숙고하지 않고 덥석덥석 받은 원고들까지……. 어떤 사이비 종교 집단에서는 행성 정렬을 세상이 멸망하는 현상으로도 받아들였다지. 나도 내가 이대로 조용히 멸망했으면 했다. 며칠의 시간을 다음과 같이 탕진했다. 아침에 눈을 뜨면 극단적인 스트레스에 사로잡힌 채로 침대에서 일어나지도 않고 몇 시간이고 트위터 타임라인만 들여다보았다. 그러다 일어나서 노트북을 펴놓고는 맥주를 마시기 시작했다. 초조하고 또 초조해서 글에 집중할 수 없었다. 제대로 글을 쓰고 있지도 않으면서 밥 먹는 시간도 화장실 가는 시간도 아까워서 노트북 앞에 앉아 끼니를 거르고 요의를 참았다. 오, 정말 나를 죽이고 싶어 몸이 근질근질하군! 이라고 생각하면서 잠이 들었다. 그러다 더 이상 물러날 수 없는 지경에 다다르고 내가 무슨 짓을 해도 하루를 24시간 이상으로 늘릴 수는 없다는 너무 당연한 사실을 받아들이던 날 아침에, 지푸라기를 잡는다는 심정으로, 나는 스톱워치를 켰다.

　결론만 간단하게 말하자면 나는 원고들을 다 끝내는 데 성공했다. 거짓말 같은 일이었다. 나는 장강명을 영감님이라고 부르는 것을 그만두었다. 시간에 쩨쩨하게 구는 것을 놀리는 것도 그만두었다. 어느 날 장강명은 나에게 "왜 요즘 부쩍 저를 안 놀리시죠?"라고 물었다. 그것은 소위 장강명식 스톱워치 워킹의 진가를 몸소 체험한 자의 마음속에서 피어오르는 존경심 때문이었다. 물론 나는 지금 이 글도 스톱워치를 켜둔 채 쓰고 있다.

2. 김홍란의 채식 인생

김홍란은 10년 넘게 알고 지내는 제법 오래된 친구다. 지금은 백수 생활을 만끽하고 있지만 얼마 전까지 유명한 제약회사에 다녔다. 김홍란은 선물하는 것을 좋아해서 날 만날 때마다 거의 매번 선물을 주었다. 고맙다고 말한 적은 거의 없다. 선물이 하나같이 좀 이상했기 때문이다. 회사에서 미생물로 실험하다가 만들었다면서 정체불명의 균이 요조라는 한글 모양을 따라 바글바글 자라 있는 사진을 보내준 것이 시작이었다. 괜찮아. 나는 필요 없어. 주지 마. 제발. 몇 번을 사정해도 김홍란은 이런저런 이상한 선물들을 강압적으로 건네고 괴로워하는 나를 보는 것을 즐겼다. 김홍란은 총체적으로 이상한 애는 아니었지만 정신세계의 일부가 치명적으로 이상했다.

김홍란은 오래전부터 페스코 베지테리언(육류는 먹지 않

고 생선, 동물의 알, 유제품은 먹는 채식 유형)이었다. 김홍란을 만날 때마다 식사를 하기 위해 찾아갈 식당을 결정하는 시간이 오래 걸렸다. 아주 옛날에 서울 종로구 정독도서관 앞 '천진포자'라는 만둣집에 함께 간 적이 있었다. 거기서는 고기가 들어가지 않은 만두를 팔았다. 김홍란은 거기서 고기가 들어간 음식이 그닥 그립지는 않지만 가끔 고기만두가 사무치게 먹고 싶어진다고 말하며 고기가 들어가지 않은 만두를 허겁지겁 먹었다. 나는 김홍란에게 뭐 하러 그렇게 고생을 사서 하냐고 말했다.

"한 번 사는 인생인데 그냥 먹고 싶은 거 먹어."

김홍란이 만두를 먹다 말고 갑자기 나를 물끄러미 바라보았다. 우리가 왜 고기를 먹으면 안 되는지 일장 연설을 하려나보다 짐작했지만 김홍란은 무슨 귀한 비밀이라도 되는 듯이 목소리를 죽이고 이런 말을 했다.

"정말 비건처럼 먹게 되잖아? 그럼 응가에서 냄새가 안 나."

나는 진심으로 다음번에 김홍란이 정말 비건식을 섭취하며 싼 응가를 선물이랍시고 가지고 와서 맡아봐, 정말 냄새 안 나지 않아? 라고 할까봐 겁이 났다.

몇 권의 책의 도움을 받아 2018년 12월부터 김홍란처럼 고기를 끊었다. 초창기에는 비건식을 고수하다가 도저히 내 끼니 환경으로는 비건을 유지하기 쉽지 않아 비건을 지향하는 페스코 베지테리언으로 지금까지 제법 잘 지내고 있다. 그리고 당신의 짐작은 맞다. 비건식을 고수하던 초창기 내가 가장 열심으로 했던 일이 화장실에 가서 킁킁거리는 일이었다.

3. 허세과의 일본 제품 불매

내 공연 때마다 기타와 코러스를 담당해주고 있는 부산 사나이 허세과와 행사를 하러 어느 지방에 갔을 때의 일이다. 그 행사장 대기실에 그랜드피아노가 놓여 있었다. 방치되어 있는 악기를 보면 꼭 건드려봐야 직성이 풀리는 음악인답게 허세과는 피아노로 가까이 다가가 덮개를 열다가 움찔했다.

"야마하네."

왜, 야마하 별로 안 좋아하나. 내가 물었다. 그러자 허세과는 얼마 전부터 일본 제품을 소비하지 않으려고 노력하고 있다는 말을 했다. 자기 헤드폰을 보여주며 사실은 이 제품이 자기 페이보릿이 아니라고 했다. 자신의 페이보릿은 '소니' 제품이지만 일본 제품이기 때문에 사지 않았다고, 대신 독일제인 이 모델을 샀다는 것이었다. 그 외에도 자기가 사고 싶은 악기들은 죄다 일본 제품이라며 난감해

했다. 왜 일본 제품을 불매하는 것인지 물어보자 허세과는 차분하고 길게 본인의 생각을 이야기했는데 그 이야기를 요약, 정리하자면 이렇다.

'일본 강제 위안부 피해자 할머니 분들을 향한 일본 정부의 태도에 무척 화가 난다. 그러나 내가 할 수 있는 게 없다는 사실이 속상하다. 별것 아닐 수 있지만 일본 제품의 소비를 거부하는 것으로 나는 나의 의견을 표명하고 싶다.'

솔직히 감동받았다. 나는 약간 목이 메어 잠긴 목소리로 물었다.

"유니클로 안 가고 살 수 있겠나……."

허세과가 울 것 같은 표정으로 '안 그래도 지금 팬티 사야 되는데 살 데 없어서 큰일 났다'고 한숨을 쉬며 얼굴을 두 손으로 감쌌다. 그때부터 나도 허세과의 고독한 무브먼트를 따라 했다. 뭐랄까 나의 동참은 정치적 의도라기보다는 그저 허세과를 응원하고픈 마음에서 우러나온 것이다. 나는 술집에 가서 일본의 생맥주를 주문하지 않았다. 편의점에서 네 캔에 만 원 하는 맥주들을 고를 때도 일본 맥주를 피했다. 히트텍이 필요했지만 유니클로에 가지 않고 버텼다. 틈틈이 온라인 쇼핑몰에 들어가 국산 남성 팬티를 검색해서 괜찮아 보이는 팬티들을 허세과에게 공유해주었다.

나는 글을 쓸 때 장강명을 따라 하고 있다. 먹을 때는 김홍란을 따라 하며, 소비할 때는 허세과를 따라 한다. 어떻게 들릴지 모르겠지만 이렇게 따라 하는 삶이 나에게 굉장히 잘 맞는 것 같다. 앞으로도 타인들을 유심히 응시하면서 따라 하고 싶은 것을 발견할 때마다 신나게 따라 할 생각이다. 내년 이맘때 나는 어떤 사람이 되어 있을까? 만약 기회가 된다면 그때 또 중간보고하겠다.

나는 『아무튼, 떡볶이』라는
책을 쓰고
이런 일이 있었다

2019년 겨울 『아무튼, 떡볶이』(위고)라는 책을 썼다. 그
책을 준비하고 쓰면서 느낀 것이 정말 많았다. 나도 잊고
살았던 나의 조각들이 떡볶이라는 필터를 통해 모조리 색
출되는 것 같았다. 힘들지만 속이 다 시원한 경험이었다.
그런데 놀랍게도 그렇게 겨우겨우 쓰고 났더니 내가 느껴
야 할 것들이 더욱 많아졌다. 책을 쓰면서 알게 된 것과는
비교도 안 될 만큼 더 많은 이야기들과 사람들이 책을 내
자마자 내 앞으로 돌진해왔던 것이다. 책을 쓴다는 것은
내 이야기를 취합해서 정리하고 끝나는 어떤 마무리로써
의 행위가 아니라, 다른 사람들의 이야기들과 얽혀 들어가
며 다시 시작하고 부딪혀가는 일이라는 것을 그 책을 통해
가장 강렬하게 체험한 것 같다.

'내가 예상했던 떡볶이 책이 아니다'로 시작하는 평을
가장 많이 들었다. 책이 좋았다고 칭찬하는 사람도, 책이

이상하다고 비판하는 사람도 같은 표현을 쓰는 것이 흥미로웠다.

'네가 떡볶이를 이 정도로 좋아하는 줄은 몰랐다'는 말을 그다음으로 자주 들었다. 겉으로 딱 봐서는 알 수 없는 애정이기는 하다. 그렇다고 보자마자 떡볶이를 좋아하는 사람이라는 것을 모두가 알 수 있도록 매일 떡볶이가 프린트된 티셔츠를 입거나, 떡볶이 모양의 귀걸이를 착용한 채 다닐 수는 없다. 그것은 아무리 생각해도 창피하다. 아무튼 가깝게 지내던 사람들로부터 서운함과 미안함이 섞인 목소리로 '몰랐다'는 연락을 제법 받았다. 그중 한 사람은 구미에 살고 있는 김홍란이었다.

온라인 서점이 보낸 알람을 통해 내가 떡볶이 책을 썼다는 사실을, 그리고 그렇게 같이 떡볶이를 먹었으면서 내가 지나치게 떡볶이를 좋아하는 사람이라는 것을 이제야 새삼스레 알게 된 김홍란은 이런 문자를 보내왔다.

'너 그럼 혹시 ○○○○떡볶이도 먹어봤냐.'

당연히 그렇다고 대답했다. 큰 마트에서 어렵지 않게 만날 수 있는 제법 유명한 브랜드가 아닌가. 맛도 당연히 훌륭하고 말이다. 김홍란은 자신이 다니는 주짓수 도장의 관장이 바로 그 떡볶이 회사의 대표라고 알려왔다. 온몸에 전율이 일었다. 오랫동안 동경해온 운동 중 하나인 주짓수를 가르치면서 동시에 떡볶이 회사의 사장이라니, 지구 끝 온 세상에 이르러 이보다 완벽한 투잡러는 없을 것이다. 김 홍란은 사진을 하나 보내왔다. 사진 속에서는 가무잡잡한 근육질의 남성이 아슬아슬한 머슬셔츠만 입고 떡볶이를 만들고 있었다. 관장님이 주짓수 훈련을 마치고 이렇게 도장에서 떡볶이를 자주 만들어주신다는 설명이 이어졌다.

'모든 것을 정리하고 구미로 이사 가 저 도장에 다니면서 살아야겠다.'

진지하게 그런 생각을 했다. 김홍란은 관장님께 내 책을 선물하겠다고 말했다. 떡볶이 장인은 과연 이 풋내기의 책을 어떻게 읽어주실는지. 나는 기쁨과 두려움 속에서 얇게 떨리는 한숨을 쉬었다.

며칠 뒤, 김홍란으로부터 다시 연락이 왔다.

"관장님은 너에게 당신의 떡볶이를 되게 먹이고 싶어하는 것 같다."

책을 읽으며 이렇게 떡볶이를 좋아하는 사람이라면 당연히 내 떡볶이를 먹어봐야 한다고 생각하시는 듯하다고 김홍란은 덤덤하게 말했다. 기뻤다. 너무 기뻐서 아무 말이나 막 내뱉었다. "실은 나도 예전에 아주 잠깐 주짓수 도장을 다닌 적이 있었어!"라는 쓸데없는 친한 척도 그렇게 튀어나왔다. 김홍란은 오? 하고 화색을 띠며 "그럼 와서 떡볶이 먹고 관장님이랑 스파링도 해"라고 말했다.

나는 졸지에 구미에 가게 되었다.

김홍란은 굉장히 똑똑하고 오지랖이 넓다. 똑똑하면서 동시에 오지랖이 넓은 사람과 친구가 되면 그냥 구미에 가서 떡볶이만 얻어먹고 돌아오게 되지 않는다. 김홍란은 "기왕 구미까지 오는 김에 일도 하고 가면 좋잖아?"라며 직접 '삼일문고'라고 하는 구미의 유서 깊은 서점에 찾아가 나를 소개한 뒤 『아무튼, 떡볶이』 북토크 일정을 잡아버렸다.

"북토크 마치면 밤 9시 정도 될 거라고. 그럼 같이 도장에 가서 관장님이 만들어주시는 떡볶이를 먹은 다음 같이 구미에서 가장 좋은 호텔에 가서 자는 거지. 다음 날 또 맛있는 걸 먹은 다음에 내가 널 역까지 데려다주는 데까지가 나의 플랜이야."

나는 당황해서 물었다.

"근데 왜 네 맘대로 우리가 같이 자. 넌 너네 집에서 자. 난 혼자 잘 거야."

김홍란은 "넌 쓸쓸하잖아"라고 대답했다. 혼자 자고 싶었지만 쓸쓸한 것도 틀린 말은 아니었다. 특별히 먹고 싶은 떡볶이 사리가 있으면 관장님께 전달하겠다는 똑 부러진 김홍란에게 혼자 자고 싶은 마음을 체념하며 쫄면 사리를 좋아한다고 대답했다.

나는 착실하게 구미에 내려갈 준비를 했다.

1. 구글에서 구미를 검색해서 지도를 들여다보며 면적을 확인한다. 별다른 의미는 없고 그냥 내가 가게 될 새로운 지역을 미리 좀 멀리서 조망해보는 사소한 의식이다. 구미시의 면적은 615제곱킬로미터였다.

2. 삼일문고를 검색해본다. 1970년 구미역 앞 작은 전파상에서 시작한 향토 기업인데 2017년부터 서점 사업을 시작했다. 현재 대표는 김기중 씨이다. 그가 책을 썼다는 것을 검색 중 알게 되었다. 비만과 베체트병이라는 희귀 난치성 질환을 극복하고 지구상에서 가장 힘들다는 극한의 자전거 레이스인 '미국 대륙 횡단 레이스'와 '호주 크로커다일 트로피'를 아시아에서 유일하게 완주한 사람이 되기까지의 도전과 좌절을 적은 책이었다. 제목은 『행복한 고통』(글로세움). 다 읽고 나니 식은땀이 났다. 세상에서 가장 움직이기 힘들다는 자기 육체를 이 정도로 벼릴 줄 아는 사람의 서점에 곧 가게 된다니. 나는 그곳에서 반드시 누가 되지 않는 북토크를 만들어야만 한다. 그래서,

3. 김홍란에게 문자를 보냈다. '야, 내 강연 끝나자마자 손들고 막 질문해. 알았지.'

4. 인스타그램에 맹렬 홍보를 했다. 구미에 갑니다. 엄청

훌륭한 책방에서 떡볶이 북토크를 하고 엄청 훌륭한 떡볶이를 먹고 올 겁니다!

　구미역에는 이른 감 있게 도착했다. 삼일문고에 가기 전에 들를 곳이 있었다. 『아무튼, 떡볶이』를 내고 나서 행사가 있다고 공지하면 꼭 다정한 사람들이 그 지역의 떡볶이 맛집을 미리 쪽지로 알려왔다. 이번에도 여러 분이 한 목소리로 반드시 들러보라 일러준 떡볶이집이 있었다. 중앙시장 내에 있는 할매떡볶이였다. 시장은 구미역에서 멀지 않았다. 대략적인 위치만 확인하고서 느긋하게 걸어 나갔는데 조금도 헤매지 않고 바로 찾을 수 있었다. 사실 시장 입구에서부터 바로 눈에 띄었다. 맛집만의 위용 때문이었다. 중앙시장 내부 중앙 통로에 몰려 있는 몇 개의 떡볶이집 가운데 한곳에서 다른 떡볶이집과는 확연하게 다른 활기와 분주함이 흐르고 있었다. 또 다른 간판의 역할을 하고 있는 셈이었다. 나는 천천히 다가가며 가게의 분위기와 손님들의 주문 현황을 재빠르게 파악했다. 과연 납작만두와 쌀떡볶이를 먹으라던 인스타그램 친구들의 조언대로였다. 그러나 나는 떡볶이만 주문했다. 주문하면서도 너무 많이 주지 마세요, 하고 부탁했다. 너무 배불러서 나중에 관장님의 떡볶이를 먹을 때 곤란해지고 싶지 않았기 때문이었다.

구미 할매떡볶이를 어떻게 설명하면 좋을까. 세상에 음식이 떡볶이 하나뿐이라고 가정해본다면. 매 끼니 밥 대신, 친구를 만나 고기를 구워 먹는 대신, 바닷가에 놀러 가 횟집에 가는 대신 먹을 수 있는 것은 오직 다양한 떡볶이뿐인 세상. 그런 세상에서 아마도 구미 할매떡볶이는 죽이나 누룽지를 대체할 것이다. 또한 오신채를 금하는 사찰에서도 구미 할매떡볶이로 발우공양을 할 것이다.

"너 장염 걸렸다면서. 이거 좀 먹고 쉬어. 구미 할매떡볶이야."

그 세상에서는 이런 말을 자주 하게 될 것이다. 인간의 오장육부를 조금도 자극하지 않으면서 다만 얌전히 기력만 전달하고 사라지는 회복식처럼 구미 할매떡볶이에서는 으레 떡볶이가 기본적으로 가지고 있는 맵고 짠 맛의 자극이 거의 느껴지지 않았다. 단맛만큼은 무척 강했는데 그것이 조금도 자극적이지 않았던 것은 아마도 어마어마하게 투척되는 양배추 덕분이 아닐까 하고 짐작했다. 오랜 시간 푹 끓여 부들부들해진 양배추와 포근한 쌀떡볶이는 죽처럼 먹는 동안 속을 편안하게 해주었다. 그리고 뒤돌아서자마자 소화되고 말았다는 점도 정말 죽과 비슷했다. 정말이지 그간 먹었던 떡볶이 중에 가장 빠른 소화력이었다.

'이럴 줄 알았으면 납작만두도 같이 먹는 건데.'

납작만두 생각만 하면서 삼일문고에 걸어갔다. 삼일문고는 과연 좋은 서점이었다. 한 서점의 메시지는 큐레이팅으로 드러나는 법이라고 생각했는데 이미 삼일문고는 공간 자체로 그것을 분명하게 하고 있다는 느낌을 받았다. 하릴없이 서가 사이를 떠돌다가 김기중 대표님을 맞닥뜨렸다. 대표님의 책에 사인을 받고 공간을 다시 한번 둘러보며 더 자세한 설명을 들었다. 나는 점점 사랑에 빠진 듯한 기분을 느꼈다. 마침내 북토크 할 시간이 되었고 나는 『아무튼, 떡볶이』가 아니라 삼일문고와 『행복한 고통』 영업에 열을 올리기 시작했다. 김홍란은 강연이 끝났는데 아무 질문도 하지 않았다.

김홍란과 택시를 타고 주짓수 도장으로 향했다. 멀지 않았다. 흰 벽에 쨍한 형광등 때문에 들어서면서부터 눈이 부셨다. 도복을 입은 사람들이 덩치가 커다란 등을 보이고 긴 테이블에 쪼르륵 앉아 있는 모습이 조금 위압적이었는데 안녕하세요, 하고 고개를 돌려 인사하는 얼굴들이 다 앳되어서 너무 귀엽고 웃겼다.

"너가 부탁한 쫄면 사리는 어렵게 됐대. 관장님이 대신 다른 거 준비하셨대."

김홍란의 설명을 들으며 테이블 위로 시선을 옮기자 거기엔 납작만두가 푸짐하게 놓여 있었다.

'아까 먹지 못했던 납작만두……'

치솟는 감동을 애써 누르며 관장님에게 꾸벅 인사했다. 미리 사진으로 확인한 바 있는 엠보싱 근육질의 몸으로 웍을 붙잡고 본인이 만든 ○○○○떡볶이를 한가득 조리하고 계시던 관장님에게서는 수줍음인지 무뚝뚝함인지 알 수 없는 묘한 차분함이 흘렀다. 서먹할 틈도 없이 자리를 잡자마자 떡볶이가 나왔다. 우리는 그것을 다 먹었고 다시 한 번 웍에서는 떡볶이가 가득 만들어졌다. 먹는 내내 그런 생각을 했다. 신라면 개발한 사람이 직접 끓여주는 신라면은 무슨 맛일까? 오뚜기 카레 개발한 사람이 직접 만들어주는 오뚜기 카레는 무슨 맛일까? 분명 내가 알던 것과는 차원이 다른 맛이 날 것이다. 지금 먹는 ○○○○떡볶이처럼 말이다.

나는 도장 티셔츠와 후드티셔츠를 선물받아 그 자리에서 갈아입었다. 관장님과 스파링을 하는 대신 같이 사진을 엄청 찍었다. 맥주도 많이 마셨다. 밤이 늦어 자리를 파할 때는 관장님이 손수 만들었다는 각종 마른반찬을 손가방에 바리바리 담아주셨다.

"고향집 할머니 같아요."

관장님은 언제든 반찬 떨어지면 내려오라는 정말 할머니 같은 말을 했다.

『아무튼, 떡볶이』를 쓰고 바야흐로 사람과 이야기들이 내 앞으로 몰려오는 경험을 했다고 처음에 밝힌 것처럼, 나는 이 책으로 얻은 게 너무나도 많아서 '아무튼, 떡볶이—그 이후의 이야기'라는 책을 또 써야 할 것 같은 기분을 느낀다. 그렇게 얻은 것 중의 일부를 이곳에 이야기할 수 있어 행복했다. 혹시 내 인생의 남은 날 중에 모든 것을 정리하고 돌아갈 고향이 필요한 순간이 올까? 그렇다면 지체 없이 구미를 떠올릴 것 같다. 좋은 책이 가득한 삼일문고와 떡볶이를 해주는 근육 할머니, 그리고 오지랖 넓고 똑똑한 친구가 사는 곳.

아름다움은
재미있다

제주에서 살기 위해 서울을 떠난 것은 2016년이었다. 이십 대 중반까지도 나는 제주를 해외로 떠날 여력이 되지 않는 가난한 신혼부부들이 신혼여행으로 주로 찾는 섬 정도로 알았다. 돌하르방의 코를 움켜잡고 행복하게 미소 짓는 신혼부부들의 이미지들 속에서 보여지는 제주도는 어렴풋하게 이국적인 정취를 풍기고 있었지만 끌릴 정도는 아니었다. 오히려 그 어렴풋함에서 어설픔과 초라함만을 경험하게 될 것 같았다. 돈과 시간을 더 들여서 '이국정서가 어설프게 느껴지는 자국'보다 '분명한 이국'을 경험하는 것이 낫다고 생각했다. 그랬던 제주도가 순식간에 가보고 싶은 섬으로 탈바꿈하게 된 계기는 사진작가 김영갑의 『그 섬에 내가 있었네』(휴먼앤북스)라는 책 때문이었다. 제주도의 자연을 담는 데에 인생의 전부를 헌신한 사진가 개인의 생도 믿어지지 않을 만큼 감동적이었지만 그렇게 사진으로 담아낸 제주의 풍경은 내가 그동안 보았던 이미지와는 전혀 다른, 어떻게 말로 표현하는 것이 불가능한 수준의 경이로움이었다.

'제주도에 가면 정말 나도 볼 수 있을까, 책에 실린 이런 자연을……?'

김영갑 사진가가 죽기 직전까지 직접 돌을 날라가며 세운 자신의 갤러리인 두모악을 찾아가보자는 생각만으로 『그 섬에 내가 있었네』라는 책 한 권 들고서 제주라는 섬에 처음 발을 디뎠다. 그리고 처음 제주 국제공항에 내리던 날, 언제가 되었든 이 섬에서 사는 사람이 꼭 되어보자고 조용하고 비장하게 결심했다.

제주는 어디가 좋았어? 라고 누가 묻는다면 나는 당장 공항에서부터 구구절절 예찬을 시작할 수 있다. 나를 홀렸던 첫 번째 제주의 이미지가 공항 로비 유리 벽 너머로 보이던 야자수들이었으니까. 제주 국제공항은 내 사랑과 모험이 시작된 곳이었다. 어디로 갈지도 정하지 않은 무모한 몸으로 공항 유리문을 씩씩하게 걸어 나갈 때 나를 통과하던 극적인 빛. '이번엔 어디로 가볼래? 이 섬은 아주 크고 넌 어디든 갈 수 있단다.' 여러 대의 버스가 눈앞에서 오고 가며 속삭이던 여러 제안들. 동네 이름의 어감만을 믿고 덥석 버스에 올라타 쏘다녔던 시간들. 그렇게 보았던 바다와 오름, 시장과 거리들, 가는 곳마다 있었던 희고 순한 개들. 안도와 낭패들…… 할 말은 정말로 많았다. 그리고 2016년, 서울에 살면서 매년 혼자 제주를 찾았던 방향은 마침내 반대가 되었다. 그때부터 나는 제주에 살면서 종종 서울을 찾는 사람이 되었다.

제주에서 사니까 좋지 않느냐고, 그토록 좋은 제주에 있다 스케줄 때문에 서울에 오기 정말 귀찮고 싫겠다고, 나도 너처럼 제주에서 살고 싶다고, 지난 몇 년간 이렇게 말하는 사람을 대체 몇 명이나 만나왔는지 모르겠다. 서울에 올라와 사람들을 만나면 열에 아홉은 부러운 마음부터 내 앞에 왈칵 쏟아낸다. 이 삭막한, 이 매캐한, 이 획일한 도시 서울에 사는 것을 한탄스러워하면서 말이다.

"제가 제주에서 살면 살수록 드는 생각은, 서울이 정말 아름답다는 거예요."

제주에서 산 지 3년 정도가 지날 무렵부터 나는 이렇게 말할 때가 많았다. 제주에 사는 것을 부러워하는 사람들을 어쭙잖게 위로하기 위해 하는 말이 아니었다. 진심으로 서울이 아름다워 보이기 시작했다. 처음 제주공항에 도착해 느끼던 그 두근거림을 나는 이제 김포공항에서 느낀다. 서울이 아름답다고 말하면 서울 사람들은 농담도 잘한다는 듯이 대체로 웃었다. 서울에서 만나는 친구들은 아무것도 아닌 골목길이나 정신없는 네온사인들을 보면서, 혹은 앞서 걸어가고 있는 사람 셋을 가리키며 저 사람들이 똑같이 검정색 롱패딩을 입고 있는 것이 너무 귀엽고 아름답지 않냐고 내가 말할 때마다 어처구니없는 표정을 짓곤 했다.

버스 안에서 광화문을 바라볼 때, 한강에서 자전거를 탈 때, 합정역 계단을 내려가며 델리만쥬 냄새를 맡을 때, 연희동 길을 걷다가 아는 사람을 만날 때, 한산한 오후 좋아하는 작은 극장으로 향하는 그늘진 골목 위에서, 꽉 막힌 강변북로 위에서 동시에 파밧 하고 켜지는 가로등을 볼 때, 부모님이 사시는 도봉동에 갈 때마다 없어지지 않고 차분히 나와 함께 늙어가고 있는 오래된 호프집 간판을 보면서, 이 도시는 정말 아름답다고 진심으로 생각한다. 이것은 그저 낯섦이 유발하는 느낌일지도 모른다. 30년 넘도록 살면서 익숙해질 대로 익숙해져 지루하게만 여겨졌던 도시가 이제 와서 조금 낯설어졌다고 새삼스럽게 아름다워 보이는 것일 수도 있다. 마치 죽음을 코앞에 두고서야 인생의 아름다움을 뒤늦게 깨닫는 사람들처럼 내가 느끼는 아름다움이라는 것도 그렇게 회한을 연료 삼은 감정일 뿐일 수 있다. 정말 객관적으로 말하자면 이 정도로 호들갑스럽게 감격할 만큼 서울은 충분히 아름다운 도시가 아닐지도 모른다. 상관없다. 나에게 중요한 것은 서울이 그래서 과연 실제로 얼마큼 아름다운지가 아니다. 나는 서울을 아름답다고 느끼는 나에게 주목하고 있다. 서울에 올 때마다, 그래서 서울의 여기저기를 기웃거릴 때마다 '내가 이곳에서 태어나고 자라며 서른네 살이 되도록 살았다'는 간단하게 뭉뚱그려진 사실 하나가 조금씩 조금씩 자세하고 분명해지고 있다. 중요하지 않은 것이라고 생각해서 꼬깃꼬깃 구겨버렸던 영수증을 다시 주워 구겨진 주름을 하나하나 펴는 기분이 든다. 멀고 수려한 섬에서 몇 년 살고 나서야 서울에서 내내 살았던 내 지난 삶을, 이 아무것도 아닌 시절을 '아름답다'는 감정 아래에서 이렇게 흥미진진하게 바라보고 있다. 아름다움은 이토록 재미있다.

나의 크고
부족한 사랑

제주에서 살게 되면서 속상할 때가 잦다. 너무 아름다운 것에 가해지는 잔인한 일들을, 마냥 보고만 있어야 하는 상황 때문에 그렇다. 이 섬을 좋아하는 사람들이 너무 많아 자연스레 늘 인파가 몰리고, 그래서 개발은 불가피해지고, 그 과정에서 무분별함이, 조화와 균형을 무시한 이기적인 욕심이 뻔뻔하게 개입하고……. 결과는 늘 만신창이가 된 자연. 그걸 그냥 보고만 있다. 아니, 나 역시 이 섬에 살면서 그 가해의 현장에 매일매일 직간접적으로 가담하고 있다.

제주 바다의 쓰레기 문제를 '비치코밍(바다 위를 떠돌다가 해변에 표류하게 된 물건들을 줍는 행위)' 개념을 통해 예술로 함께 해결하는 집단인 '제주도 좋아'가 매년 기획하는 프로그램 중 '바라던 바다' 행사가 있다. 그 행사에 초대받게 되었을 때, 맘속에 늘 잔잔하게 깔려 있던 죄의식을 약간은 만회할 기회를 주어서 오히려 내 쪽에서 감사하고 싶은 마음이었다.

금능 앞바다에서 바다의 날 기념으로 열리는 이 행사는 바다에 버려진 쓰레기를 함께 줍고, 또 그 쓰레기들이 어떻게 빛나는 예술품으로 바뀌는지를 체험할 뿐 아니라 그렇게 만들어진 굿즈를 구입할 수도 있는 자리로 이루어진다. 나는 전찬준 씨와 장필순 언니랑 함께 무대에 오를 예정이었다. 두 대의 트럭을 붙인 소박하고 귀여운 무대에 내 순서는 두 번째. 간단히 리허설을 마치고 필순 언니와 행사장 한 바퀴를 함께 돌면서 커피도 사고 제주 해변가의 쓰레기로 만든 돌하르방 모양의 장식품도 구경했다.

해가 조금씩 기울었다. 전찬준 씨의 무대가 시작되고 있었다. 노래하는 그의 뒤로 아름다운 금능 바다가 펼쳐지고 하늘은 적당한 조명을 제공해주었다. 진중하고 차분한 그의 목소리를 들으며 나는 왜인지 이 섬에 살며 늘 품고 있는 부끄러움이 다시 조금씩 조금씩 커지는 것을 느꼈다.

내 차례가 되었다. 부끄러워진 마음이 그새 너무 커져서 "안녕하세요" 인사를 하고 노래만 연거푸 불렀다. 주최 측에서 공연 중간중간 바다 쓰레기와 환경 보전에 대한 좋은 말씀을 해주시면 좋겠다는 부탁까지 받았는데 노래를 서너 곡 부를 때까지도 입이 떨어지지 않았다. 결국 한숨을 쉬며 어떤 노래를 부르기 전에 고백했다.

"저기 계속 노래만 불러서 죄송한데 저 말이 안 나와서요. 이 노래까지만 부르고 뭐라도 말해볼게요."

사람들이 웃었다. 마음이 한결 편해졌다. 노래를 한 곡 더 부르고 난 뒤, 나는 더 잘해보겠다고 말했다. 사실 나 정도면 제법 환경을 생각하는 축에 든다고 믿었지만 그게 아니었다고, 쓰레기를 잘 버리는 것보다 훨씬 더 중요한 것은 쓰레기를 만들지 않는 일이라는 것을 알았다고, 이제는 얼마나 플라스틱과 비닐을 비롯한 일회용품을 덜 쓰느냐, 얼마나 에너지를 덜 사용하느냐가 중요하다는 것을 절실하게 깨달았다고 말했다. 마치 연인 사이에서 훨씬 더 많이 사랑하는 사람이 그러듯이 나는 쩔쩔매면서 내가 좀 더 잘하겠다고, 더 잘해보겠다고 거듭 말했다.

나보다 제주를 더 많이 알고, 더 사랑하는 것이 분명한 필순 언니는 더 여유롭고 부드럽게 사람들을 보듬었다. 우리가 얼마나 아름다운 땅에서 살고 있는지, 오늘을 얼마나 감사해야 하는지, 동시에 내일을 안전하게 확보하는 것이 얼마나 중요한 우리의 일인지 언니는 담담하고 온전하게 전달했다.

해는 이제 자기 일을 다 한 것처럼 조금씩 사라지고 나도 내가 살고 있는 제주 동쪽으로 한 시간 넘게 달려 돌아

갈 시간이 되었다. 금능 사람들은 언제 집에 가냐며 멀리 사는 나를 걱정해주었다. 그러나 나는 기분이 좋았다. 제 주도가 이렇게 큰 섬이라는 것이.

정말 재미있다

두 집 살림을 한다. 2016년, 제주로 집도 책방도 이사를 했다. 웬만하면 거기서만 눌러앉을 생각으로 내려갔으나 나에게 돈을 벌어다주는 일들은 대부분 서울에서 이루어지고 있어 한 달에도 몇 번씩 서울로 제주로 왔다 갔다 한다. 처음에는 서울에 올 때마다 부모님 댁에서 지냈다. 아주 옛날에 내 방이었다가 약 10년 동안 창고였던 곳이 슬그머니 다시 내 방이 됐다.

서울과 제주를 오가는 삶을 얘기하면 듣는 사람은 왔다 갔다 하기 피곤하겠다고 걱정을 주로 해준다. 그러나 아직까지는 별로 힘들지 않다. 실은 만족하는 편에 가깝다. 집이 두 개이기 때문에 일어나서 보는 세상의 가짓수도 두 개나 된다.

제주의 집에서는 눈을 뜨면 고양이를 본다. '또'와 '라이'라는 두 마리의 고양이를 본다. 밥 달라고 우는 소리에 반응하여 눈을 뜨기 때문에 오래 닫혀 있다가 갑자기 열린 침침한 시야가 본능적으로 고양이에 초점을 맞춘다. 처음에 이 둘을 데려올 때만 해도 꼬리를 보고 구분하곤 했다 (또의 꼬리가 기형이다). 지금은 저 둘을 처음에 헷갈려 했다는 사실이 믿기지 않을 만큼 둘의 생김새는 전혀 닮지 않았다. 당연한 말인데 둘의 성격도 아주 다르다. 둘은 거의 매일 말썽을 일으키지만, 나도 바쁜 사람이기 때문에 마음이 내켜야 그들을 혼낸다. 라이는 어느 정도 꾸지람을 들어주다가 길어진다 싶으면 볼멘소리를 내며 이제 그만하라는 듯한 어필을 한다. 반면 또는 언제까지고 내 혼을 고스란히 받으며 눈을 꾹 감고 있다. 알아듣지도 못하면서 다 듣고 있다는 듯, 반성하고 있다는 듯, 눈을 꾹 감고 묵묵하게 꾸지람을 받아내고 있는 또를 보는 게 정말 재미있다. 나는 일찍 일어난 아침에 종종 아무 잘못도 하지 않은 애를 무릎에 앉혀놓고 왜 그랬어, 누가 그랬어, 하면서 혼을 내곤 한다. 그때마다 또는 눈을 꾹 감고 그러면 나는 그 애의 꾹 감은 눈이 그려내는 얇고 검은 선을 본다.

한편 서울 부모님의 집에서는 아침에 눈을 뜨면 개를 본다. 한 마리의 개를 본다. 이름은 공주이다. 역시 일단 소리에 잠을 깬다. 대략 아침 8~9시가 되면 공주가 내 방문을 득득 긁어댄다. 처음에는 아침부터 내가 보고 싶어 그런 줄 알았다. 그런데 백기녀가 방문을 열어주면 반갑게 달려온다 거나 하는 게 아니라 문이 열렸다는 사실만을 확인하고는 바로 뒤돌아 나가버린다. 그냥 공주는 자기 앞길을 가로막 는 방문이 (그리고 그 너머에서 자고 있는 내가) 짜증나는 것 같 았다. 아무튼 나는 아침마다 방문 긁는 소리에 잠이 깨고 엄마가 방문을 열어주면 '내 집에서 허락도 없이 감히 문을 닫아봐?'라고 말하는 듯 나를 잠깐 경멸하듯 바라보는 개를 본다. 공주를 TV 프로그램 〈세상에 나쁜 개는 없다〉에 내 보내야 하는 건 아닌지 진지하게 고려한 적이 있다. 서울 집 에 올 때마다 백기녀는 팔과 다리 여기저기에 긁히고 물린 상처가 숱했고 언젠가 신중택은 공주한테 심지어 코를 물려 피가 철철 났다고 했다. 내 침대 매트리스에는 공주가 지려 놓은 오줌 얼룩이 군데군데 퍼져 있었다. 그러나 부모님에게 이 개의 문제점을 아무리 지적해봤자 돌아오는 것은 완강한 두둔이었다. 정말이지 물리고 할큄당하고 피를 철철 흘리면 서도 굽히지 않는 이 놀라운 사랑.

내가 집에서 공주를 마주치는 순간은 아침에 잠깐, 밤에 잠깐 정도였지만 그때마다 우리가 나눈 반목은 조금씩 탄 탄해졌다. 나는 언젠가 이 집에 공주와 나 둘만 남는 순간 을 기다렸다. 부모님의 가호 없이는 아무것도 아닌 이 조그 만 녀석에게 내가 보여줄 수 있는 최고의 무서움을 보여주리라 마음먹었다.

전날 밤을 꼬박 새고 다음 날 오후까지 자다가 일어난 어느 날, 정말 공주와 단둘이 집 안에 있었던 적이 있었다. 아침에 공주가 방문을 긁는 소리도 듣지 못하고 잤는지 일어나보니 방문이 열려 있었다. 아마도 세상모르고 자는 나를 공주는 어느 때보다 더 경멸스럽게 바라보았겠지. 거실에서 TV 소리가 들리지 않았다. TV 소리가 들리지 않는다는 것은 부모님이 집에 안 계신다는 것을 의미했다. 집 안이 적막으로 꽉 차 있었다. 나는 침대에 누운 채로 거실에 앉아 있던 공주를 발견했다. 조금씩 잠을 깨면서 저 애의 코를 어떻게 납작하게 해주지 생각했다. 공주는 내가 자기를 쳐다보고 있는 줄도 모르고 있었다. 엉덩이를 바닥에 대고 등을 구부정하게 하고 앉아서 하염없이 어딘가를 바라보고 있었다. 그 얼굴을 한참 쳐다보았다. 어떻게 표현해야 좋을지 모르겠다. 생의 허무를 깨달아버린 듯도 하고 이제야 비로소 한시름 쉬는 것도 같고. 그냥 아무 생각이 없는 것 같기도 하고. 소금도 후추도 들어가지 않은 곰탕처럼 맹맹하면서도 다만 깊은 그런 얼굴.

공주가 자신만의 사색을 마친 뒤 거실에 깔린 요 위에 턱을 가만 내려놓고 잠이 들 때까지 몰래 보았다. 그리고 내린 결론은 공주에게 무섭게 보이려고 노력하는 것보다 그

냥 이렇게 몰래 훔쳐보는 쪽이 훨씬 재미있겠다는 것이었
다. 나는 공주가 깨지 않게 조심조심 침대에서 일어났다.

　서울에 머무르며 공주와 단둘이 집 안에 머물게 될 때마
다 나는 조금 떨어져서 심심한 곰탕이 되어 있는 공주를
힐끔거리며 훔쳐본다. 그것은 정말 재미있다. 나중에 엄마
든 아빠든 집에 돌아오는 인기척이 들리면 소금과 후추가
들어간 곰탕의 얼굴로 순식간에 바뀌는 것도 놓치지 않아
야 한다.

　나의 서울 생활에서 집 밖의 재미라고 한다면 우리 아파
트 동 앞에서 종종 줄넘기를 하는 어떤 사람을 얘기해야
할 것 같다. 외출하다가 집 앞에서 누군가 줄넘기를 하고
있다는 사실을 어렵게 눈치챈 적이 있었다. 왜 어렵게 눈치
챘냐면 그 사람이 정말 눈에 띄지 않았기 때문이다. 심지
어 폴짝폴짝 뛰고 있는데도 눈에 띄지 않을 수도 있는 걸
까. 그 사람이 그랬다. 아무도 없다고 생각했는데 누가 줄
넘기를 하고 있다는 것을 몇 번 깜짝 놀라면서 발견하고,
그 '누가'가 언제나 같은 사람이었다는 것을 알게 된 것이
봄과 여름의 일이었다.

　평균적으로 내가 서울에 올라오는 것은 한 달에 두 번
꼴이고 그때마다 3~5일 정도를 머물렀는데 적어도 한 달

에 한두 번은 누가를 꼭 마주쳤던 것 같다. 그냥 운동 삼아 하는 것일 수도 있겠고, 보기에 전혀 뚱뚱해 보이지 않았지만 본인의 마음에 들 때까지 체중 감량을 하기 위해 줄넘기를 하는 것일 수도 있겠다 싶었다. 소위 노출의 계절에는 그런 마음을 품는 사람들이 갑자기 많아지곤 하니까 말이다.

아파트 앞에서 누가와 눈을 마주쳤던 적이 몇 번 있다. 그때마다 누가는 조금 창피해하는 듯도 보여서 나는 서둘러 걸어 없어지려고 했다. 그러나 등을 돌린 채 조금 떨어진 곳에서 줄넘기하는 누가를 발견한 날이면 한동안 서서 그 모습을 지켜보곤 했다. 미안한 얘기지만 누가의 실력은 좀처럼 늘지 않네, 라고 생각하며 피식 웃던 때가 가을이었다. 슬슬 겨울이 되자 누가의 성실이 점점 마음에 깊게 걸렸다. 서울에 올 때마다 은은하게 누가 생각을 했다. 외출하거나 귀가하면서 꼭 누가가 있는지 아파트 둘레를 한번 휘 살피는 것이 버릇이 되었다. 그때 즈음 한 해를 정리하는 공연을 준비했었다. 거창한 것도 아니었다. 공연장도 아닌 곳을 빌려서 내 앨범이자 영화를 상영하고 노래도 부르고 연말 느낌을 조촐하게 내보자는 그런 오붓한 느낌의 공연이었다. 공연을 앞두고 제주의 책방에서 돌하르방처럼 앉아 있는 나에게 매니저들의 다급한 메시지들이 도착했다. 예매율이 낮은데 초대할 사람이 없냐는 것이었다. 언제나 예매율은 낮았는걸. 대수롭지 않게 굴었다. 그런데 마음의 입장은 또 그게 아니었다. 의연하게 보이는 스킬만 늘어왔을 뿐, 내 마음은 예나 지금이나 겁과 걱정이 밥과 반찬이었다. 관객이 얼마 없는 썰렁한 무대에 오르는 불쌍한 음악가, 나는 이제 이렇게 점점 불쌍해지는 일만 남은 것일까. 정신없이 연민에 빠져 서울에 도착했다. 자는 둥 마는 둥 하룻밤을 보내고 합주를 하려고 그다음 날 집을 나서는 길에, 누가를 마주쳤다. 누가는 등을 돌리고 줄넘기를 하고 있었다. 언제부터 나와 있었을까. 귀마개도 하고 장갑도 끼고 패딩 조끼도 입고 있었다. 그래도 명색이 줄넘기하는 걸 본 것만 일 년인데 이제는 연달아 한 번에 두 바퀴씩도 돌리고 한 발씩 번갈아가며 할 줄도 알고 그래야 하는 거 아닌가. 누가는 여전히 자꾸만 제 발에 걸려 멈추는 줄을 다시, 다시, 다시 넘기고 있었다. 그때마다 하나로 묶은 머리카락이 출렁했다. 그것을 보는 게 얼마나 재미있었는지 갑자기 눈물이 후욱 솟았다.

그날 나는 무대라는 것이 뒤통수 쪽으로도 있다는 것을 알았다. 그쪽에서는 어쩌면 내가 초라해 보이지 않을지도 모른다.

제주에서 집 밖의 재미는 간단하게 정리할 수 있다. 상구, 순디, 미케, 샷다. 대문을 열면 주로 보는 자유로운 애들이다. 상구가 개고, 나머지는 고양이다. 상구는 고양이 사료를 엄청 좋아해서 이마트에서 산 대용량 싸구려 고양이 사료 하나를 자기가 다 먹었다. 상구는 검은 개라서 밤 늦게 귀가할 때 그 애가 나타나면 조금도 보이지 않는다. 그래서 상구는 더듬거리듯이 쓰다듬어주었던 때가 많다. 가끔은 자다가도 바깥에서 푸드덕거리는 소리로 상구가 와 있다는 것을 안다. 정말 재미있다.

부드럽게,
허벅지가
터지지 않게

제주에 내려와 약 3년 정도 살았던 집은 전형적인 제주 밖거리 집이었다. '밖거리'는 제주도 방언이다. 한 집에 안 팎으로 두 채 이상의 가옥이 있을 때 바깥에 있는 집채를 밖거리라고 말한다. 안쪽에 위치한 집은 '안거리'라고 하고 보통 집주인이 산다. 안거리에 사셨던 집주인 부부는 무척 순박하고 인품이 훌륭한 분들이셨다. 당연한 말이지만 어떤 집주인과 함께 사는가 하는 것은 세입자의 삶에 중요한 부분이다. 제주에 내려오기 직전 3년 동안, 서울 종로구에 살며 이를 처절하게 깨달았다. 나는 그때 집주인의 말을 잘 알아듣지 못할 때가 많았다. 너무나 악의적인 말을 내뱉어서 내가 이해한 바를 도저히 믿을 수 없었기 때문이었다. 동일한 모국어를 쌍방으로 쓰면서도 이토록 말이 안 통할 수 있는 것인지 답답해서 여러 번 숨이 막혔다. 고소 직전까지 갔던 막장 체험을 수료하고 제주로 건너가 만난 새

집주인은 반들반들한 사람들이었다. 두 분의 피부도, 그 집의 마룻바닥도 잘 익은 감귤처럼 선량하게 윤이 났다. 나는 그분들하고도 말이 잘 통하지 않았다. 제주어 때문이었다.

나는 말이 통하지 않는 외국 사람과 대화하는 것을 아주 많이 좋아한다. 매일매일 한국말을 주고받는 것은 자연스럽고, 유용하고, 불가피하면서도 너무 자주 지저분하고, 징그럽고, 불필요하다고 느낀다. 그러다 우연히 말이 통하지 않는 외국인과 눈빛으로, 손짓으로, 온몸을 동원해 더듬거리며 '좋아한다', '날씨가 좋다', '맛있다', '기쁘다' 같은 정말 필요한 말만을 주고받고 있으면 내 언어의 방바닥을 먼지 없이 물걸레질한 듯한 기분이 든다. 뿐만 아니라 그런 대화를 나눌 때의 얼굴도 좋아한다. 경청의 한계를 알면서도 넘어서려 하는 얼굴. 이해를 다 하지 못한 게 분명한데도 절대 이 대화를 포기하지 않겠다는 의지가 담긴 결연함으로 반짝거리는 눈빛은 아마도 인간이 지닌 최고의 아름다움 중 하나가 아닐까 하고 생각한다. 나는 새로운 집주인 부부와 대화할 때 늘 그런 표정을 짓고 있었을 것이다. 두 눈을 그 윤나는 얼굴에 고정해두고는 '도무지 무슨 말씀을 하시는 건지 모르겠어요! 그렇지만 저는 두 분이 너무 좋아요! 어떻게든 이해해볼 거예요!'라고 말하는 표정.

그래서 그런지 나는 두 분의 말을 제대로 알아듣지 못해 부탁을 이행하지 않거나, 엉뚱하게 이행한 적이 태반이었다. 그럼에도 두 분은 단 한 번도 얼굴을 붉히는 일이 없었다. 제주의 본격적 삶도, 두 마리의 고양이와 함께하는 삶도 다 이 집 안에서 평화롭고 안전했다.

이 집의 단점이 없는 것은 아니었다. 그리고 세상의 모든 단점이 그렇듯이 처음엔 사소했지만 점점 사소하지 않은 것이 되었다. 집은 작았다. 처음에는 '아늑하다'고 생각했지만 점점 '좁다'고 생각하게 되었다가 나중엔 '좁아 터졌다'라고 느끼기에 이르렀다. 물건들을 계절에 맞게 꺼내고 집어넣을 수 있는 수납 공간이 없어서 겨울에는 침대 머리맡에 놓인 먼지 앉은 선풍기를 보면서 잠을 잤고 한여름에는 거실에 방치된 히터 옆에서 밥을 먹었다. 사실 이런 건 그다지 심각한 문제는 아니었다. 내가 생각하는 정말 크고 심각한 문제는 바로 나 자신이었다. 나는 같이 사는 이종수가 새 옷이나 신발을 사면 "와, 잘 어울려!"라고 말하기 전에 "집에 공간도 없는데 어디다 둘 거냐"고 구시렁거렸다. 또 형, 라이 형하고 재미있게 놀다가도 좁은 집 안을 우다다거리며 돌아다닐 땐 답답해서 소리를 질렀다. 작은 집에 사는 일이 힘에 부친다고 나는 내가 사랑하는 존재들을 일상적으로 몰아세우고 괴롭혔다. 그런 나를 고치고 싶었지만 늘 실패했고, 그래서 자주 부끄러웠다.

　단점은 하나 더 있었다. 그것은 집 외부에 있었다. 그 집에는 작지만 마당이 있었고 집의 뒤쪽으로는 작은 텃밭도 있었다. 분명히 그 집에 입주하면서 이것저것 작고 사소한 채소들을 바지런히 기르고 먹으면서 살아보겠다 다짐을 했었던 기억이 난다. 다정한 동네 이웃이 선의로 상추를 그냥 심어주고, 마트에서 대파 한 단을 샀다가 심심풀이로 몇 뿌리 심기도 했다. 그러나 그때그때 관리해주지 않고 방치하는 바람에 보통 사람들이 상상할 수 없는 상추와 파를 보는 귀한 경험을 하였다. 아마 타샤 튜더도 상추와 파의 그런…… 그런, 끔찍한 모습은 본 적이 없었을 것이다! 단아한 멋이 있었던 앞마당과 뒤뜰에 그런 식으로 장난(!)을 쳐놓고 방치하는 바람에 날이 갈수록 우리 집은 더 작고 기괴해져갔다. 그 외에도 소소하게 폭설에 한번 고립을 당하고 여름엔 물난리를 겪고 하면서 나는 자꾸만 '현대식' 집을 그리워하는 사람이 되었다. 결국 헤어짐을 아쉬워하는 주인집 아저씨와 아주머니를 뒤로하고서 나는 매몰차게 떠났다. 수납 공간이 충분하고, 성실하게 둘러보아야 할 마당도 텃밭도 없고, 폭설과 폭우로부터 안전하고, 어느 틈에 집 안으로 기어들어온 바퀴벌레나 지네, 이름을 알 수 없는 진귀한 벌레들을 굳이 마주하지 않아도 되는 그런 나약하고 비겁한 현대인의 공간으로 말이다.

지금 살고 있는 집은 현대식 건물의 5층. 엘리베이터도 있다. 예전 집에서는 부엌으로 난 창을 열면 나랑 기습적으로 눈이 마주친 옆집 개가 민망해서 컹컹 짖곤 했다. 현관을 통해서는 이 동네의 모든 떠돌이 개, 고양이 들이 마당으로 오고 가는 기척도 알 수 있었다. 이제는 창문을 열면 개도 고양이도 없고 하느님이라도 된 것처럼 아래 세상을 보우하듯 내려다보고 서 있는 것이 일이다. 이제는 조금씩 고층(?) 생활에도 익숙해지고 있다. 새로운 고층 생활의 일상 중 하나는 거실 창밖으로 성산일출봉을 노상 본다는 것이다. 매일 눈을 뜨면 바로 거실로 나가 창밖으로 그날그날의 성산일출봉을 보며 하루를 시작한다. 특별히 다짐을 하고 하는 행동이 아니라 눈을 뜨면 잠이 덜 깬 몸이 알아서 미적미적 그 앞으로 나아간다. 가끔은 운동 삼아 거실에서 108배를 하곤 하는데 그때에도 내 절이 자연스럽게 향하는 곳은 성산일출봉이다. 뭘 기원하려고 하는 절은 아니지만 성산일출봉을 보면서 두 손을 모으고 무릎을 굽혀 엎드리며 나는 자주 뭉클한 기분에 사로잡히고 정말로 뭔가를 믿고, 또 소원을 빌고 싶어진다.

종교가 있는 사람들은 좋겠다. 뭔가를 빌 곳이 있는 사람들이 부럽다. 한 치의 의심도 없이 자기 나약함을 그곳에 기대 세워두고 쉴 수 있는 사람들은 정말 좋을 것이다. 며칠 전에도 그런 생각을 하면서 느릿느릿 108배를 하고 있었는데 어느 틈엔가 라이 형이 터덜터덜 걸어와 내 머리맡에 앉았다. 그래서 본의 아니게 라이 형을 향해 절을 하게 되었다. 이왕 이렇게 된 거 헉헉거리면서 형에게 소원을 빌었다.

형, (헉헉) 또 형이랑 아프지 말고 죽지 마. 이종수도 건강하게 (헉헉) 죽지 않고 오래 살게 해줘. 내 친구들도 모두 (헉헉) 안 죽었으면 좋겠어. 물론 (헉헉) 우리 엄마 아빠, 이종수네 부모님도 (헉헉) 만수를 누리셨으면 (헉헉) 좋겠고, 우리 (헉헉) 우리 매니저들, (헉헉) (헉헉) (헉헉) 송당 집주인 아줌마 아저씨도 (헉헉) 아이고 내가 죽겠네.

나는 아침마다 성산일출봉을 보고 가끔은 소원도 비는 생활을 하면서 비로소 관광지라는 거품이 걷힌 성산일출봉을 볼 수 있게 되었다. 사실 성산일출봉은 유명하기 때문에 유명하다. 말이 좀 이상하지만 정말 그렇다. 제주에 방문하는 사람들은 대체로 성산일출봉이 유명하다니까 가고, 유명하다니까 '우와' 하고 감탄한다. 나부터도 그랬다. 실제로 오를 생각은 단 한 번도 하지 않은 채 좋대, 유명한 곳이래, 하면서 몇 년을 보냈다. 그 시간을 만회하고 싶어서였는지, 성산일출봉을 제대로 알아본 이후 자꾸만 그곳에 오르고 싶었다.

한편 이종수는 성산일출봉을 딱 한 번 실제로 오른 적이 있었다. 공식 애인이 되기 전 우리는 친구로 제주에서 본 적이 있었는데, 무슨 이유에서였는지 그때 이종수가 나에게 큰 혼쭐이 났고 울적한 마음을 달래기 위해 어두운 새벽부터 그곳에 올라 일출을 보고 내려왔던 것이다. 그때 어땠냐고 물을 때마다 동기가 우울해서였는지 이종수는 좋은 대답을 들려줬던 적이 없었다. 허벅지가 터지는 줄 알았다, 바람이 너무 불어서 추워 죽는 줄 알았다, 사람들이 너무 많았다, 하필 날도 흐려서 일출이 제대로 보이지도 않았다…….

얼마 전 나는 거실 창에 붙어서 성산일출봉을 또 하염없이 쳐다보다가 이종수에게 말했다.

"나도 성산일출봉에 올라가보고 싶어."

이종수는 "허벅지 터질 텐데" 하고 말했지만 뒤이어 좋다고 했다.

"그래. 한번 같이 올라갔다 오자."

우리는 각자 필름 카메라를 하나씩 챙겨 들고 오후 늦게 성산일출봉에 올랐다. 매표소에서 티켓을 끊고 천천히 완

만한 들판을 걸어 올랐다. 이윽고 계단이 등장했고, 이종수는 또 한번 허벅지 이야기를 했다. 터지지 않게 조심해!

정상에 올랐다. 우리는 둘 다 허벅지가 터지지 않았다. 이종수는 놀라운 듯 말했다.

"진짜 이상하다. 혼자 올라왔을 때는 힘들어 죽는 줄 알았는데, 왜 오늘은 하나도 안 힘든 거지?"

나는 웃으면서 말했다.

"중간중간 엄청 쉬었잖아."

우리는 오르는 중간 충분히 쉬었다. 일출봉 초입에 있는 유일한 휴게소에 살고 있는 고양이들도 보고, 조금 오르다가 바다도 보고, 또 조금 오르다가 탁 트인 성산 일대에서 우리 집도 찾아보고 책방도 찾아보았다. 정상에는 폭신해 보이는 분화구가 오목하게 펼쳐져 있었다. 다양한 국적의 사람들이 알아듣지 못하는 모국어를 쓰면서 정상에서의 시간을 누리고 있었다. 나는 그 틈에 조용히 서서 여기까지 올라온 태도에 대해 오래 생각했다. 모든 걸 이렇게 하자. 책방도 음악도 글도, 내 나머지 인생 속에서 하고 싶은 일들을, 다 이렇게 하자. 부드럽게, 허벅지가 터지지 않게. 그런 생각을 하면서 이 감각을 잊지 않으려고 눈을 오랫동안 꾹 감았다.

작았다가 커다래지는
우리들

초등학교 시절은 내 기억 속에서 제법 온전하다. 중, 고등
학교 때 몇 반이었는지는 가물가물하지만 초등학교 6년간
몇 반이었는지는 다 기억난다. 마음만 먹으면 얼마든지 더
많은 것들을 기억해낼 수 있을 것 같다. 입학식 때 엄마가
시켜서 억지로 손 잡고 사진을 찍었던 내 짝꿍은 너무 심하
게 긴장을 하더니 결국 교실 안에서 바지에 오줌을 쌌다.
나는 알면서도 모른 척했다. 운동회 때 달리기에서 꼴등을
했던 것도 기억난다. '꼴찌가 되면 정말 정말 비참해진다'는
것은 1학년 때의 가장 소중한 배움이었다. 2학년 때 짝꿍은
나와 같은 신 씨였다. 자기 성이 한자로 매울 신辛 씨라고 해
서 나한테 굉장히 혼이 났다. 매울 신 자는 라면에나 쓰이
지 사람 성으로 쓰일 리가 없다고 하면서 나는 그 애를 나
무랐다. 3학년 때 처음으로 연필깎이가 가지고 싶어졌다.
칼로 연필을 깎는 나를 놀리던 남자애가 있었기 때문이었

다. 이름은 이승한이었다. 4학년 때 선생님은 언젠가 방과 후에 나를 남게 했었다. 손톱을 물어뜯는 것을 보시고 무슨 불안이나 우울이 있는지 물어보셨다. 5학년 때 김상희라는 애를 고무줄놀이 하다가 알게 되었고, 6학년 때는 같은 반이 되었다. 그때는 김상희에게 내내 놀림당하는 게 일이었지만 그 이후 지금까지 가장 친한 친구로 지낸다. 일 년 동안 왕따시킨 애랑 절친하게 지낸다는 것이 나도 신기하지만 이상하게 상희는 언제나 밉지 않고 좋았다.

그 외에 아무도 손대지 않으려는 죽은 개를 안아 들고 학교 안 어느 나무 밑에 묻어준 것도, 구름다리를 타고 놀다가 동전을 몇 번 주운 것도, 6학년 때 어떤 남자애에게 이유 없이 맞았던 것도 기억난다. 6년 내내 좋아하는 사람이 늘 있었다. 남자도 있고 여자도 있었으며 새 학년이 되면 사랑도 새롭게 오는 게 자연스러운 일이었다. 5학년 때는 6학년 오빠들을 좋아했다. 그때 오빠들은 만화 속 주인공처럼 멋있었다. 6학년 때는 12반이었는데 11반에도 좋아하는 애가 있었고 10반에도 좋아하는 애가 있었다. 그 두 애는 나를 좋아하지 않았지만 좋아하는 사람이 많다는 것 자체가 주는 즐거움이 있었다. 얘기하다보니 끝이 없을 것 같다.

이십 대 때에는 우연히 연애하던 남자와 (나이는 달랐지만) 동창이었다. 우리는 초등학교에 같이 찾아가 데이트를 하기도 했다. 어릴 때 컸던 학교 운동장이 어른이 되고 다시 보니 생각보다 작더라는 말이 어쩌면 그렇게 맞는 말이던지. 체육 시간에 이 테두리를 그토록 힘들게 돌았다니, 이 운동장이 그렇게 나에게 컸다니. 너무 이상해, 우리는 내내 이 말을 하면서 앙증맞은 운동장을 돌았다. 서로가 예쁘고 멋져 보였기 때문에 우린 만날 때마다 손을 잡고 입을 맞추었지만 그 운동장 위에서는 어쩐지 조금 다른 차원으로, 작았다가 이렇게 커다래진 서로가 대견하고 경이로워서 우리는 조금 감동적인 기분으로 오래 마주 보다가 꼭 안았다가 했던 기억이 난다.

내 제주도 책방 근처엔 초등학교가 하나 있다. 수산초등학교. 1946년에 개교했다. 이곳은 예전에 수산진성이라고 하는 성이었고, 학교 담장은 성곽이다. 성터를 학교로 사용하고 있는 셈이다. 수산진성은 제주 기념물로 지정이 되어 있고, 수산초등학교는 1992년에 아름다운 학교에 선정이 되기도 했다고 한다. 사람들에게 책방에 오는 길을 설명할 때 그냥 수산초등학교를 찾아오라고 말한다. 정문 앞에서 두리번거리다가 어쩐지 측은해 보이는 점방을 발견하면 거기가 나의 책방이니 간판이 없다고 당황하지 말고 그냥 들어오라고 알려준다.

날이 좋고 한가할 때면 학교 안을 휘휘 돌아다니곤 한다. 책방이 한가할 때는 운동장 둘레를 몇 바퀴 뛰기도 한다. 내가 경험한 초등학교 시절의 수많은 추억들이 이 학교 안에서도 끊임없이 반복되고 있을 것이다. 고궁이나 박물관이 아니라 그냥 동네 초등학교에만 와도 소중하고 은밀한 역사들이 콸콸 흐르고 있는 것을 느낀다. 나는 그냥 그 둘레를 짐짓 태연히 어슬렁거린다. 어른들이 으레 그렇듯 '나도 이런 시절이 있었지' 같은 생각을 하면서. 초등학교를 다니면서 단 한 번도 내가 어리고 불완전한 존재라고 생각해본 적이 없다. 나는 충분히 세상을 알 만큼 알고 있으며 이만하면 충분히 컸다고 늘 생각했다. 학교 공부도, 애들과 노는 것도, 그러다가 다투는 것도, 맘에 드는 상대 때문에 맘을 졸이고 상대의 마음이 내 것 같지 않아 상처를 받고 하는 일들도 어리다고 해서 어설프고 가볍지 않았다. 내가 성인이 되어 경험했을 때와 다름없이 언제나 진지하고 심각했다.

초등학교 바로 앞에 책방이 있다보니 초등학생들을 노상 본다. 가끔 책방에 들어오기도 한다.

"저 그냥 구경하러 온 건데 구경만 해도 돼요?"

얼마 전 책방에 들어온 아이는 자신을 2학년이라고 소개했다. 그럼, 되고말고. 나는 대답했다. "예전부터 와보고 싶었거든요" 하고 말하며 고개를 휘휘 돌리면서 책방을 구경하던 아이는 어떤 책을 꺼내 들고 읽어도 되냐고 물었다. 나는 의자를 내주면서 앉아서 읽으라고 했다. 그 의자조차 그 애에게는 높은 감이 있어서 앉으려고 조금 버둥거렸다. 책을 조금 읽다가 마음에 들었는지 아이는 이 책이 얼마냐고 물었다. 가격을 알려주었더니 입이 하마처럼 커졌다. 나는 "안 사도 돼. 괜찮아" 하고 말했다. "네. 어차피 집에 책이 어마무시하게 있어서"라고 그 애는 말했다. 2학년이 '어마무시'라는 표현을 쓰는 게 얼마나 귀엽던지. 나는 이를 지그시 물었다.

엄마도 예전에 여기 왔었대요. 묻지 않은 엄마 이야기를 하더니 돌연 그 애의 얼굴에 살짝 수심이 일었다. 그러고는 "제가 왔다는 거 우리 엄마한테 비밀로 해주세요"라고 말했다. 그 애의 엄마가 누구인지 몰라서 비밀을 폭로하고 싶어도 할 수 없었지만 알아도 비밀을 지켰을 것이다. 나는 목소리를 죽이고 좋아, 하고 대답했다.

가야 해요, 하고 그 애가 제 몸에 비해 큰 감이 있는 백팩을 덜컹덜컹 흔들면서 갑자기 문으로 걸어갔다. 나는 다급하게 또 와! 하고 소리쳤다. 네! 대답을 들었다. 그 뒷모습을 바라보며 나는 작은 충격을 받았다. 매번 충격적이다. 그 자그마함이, 너무 작은 손과 운동화가, 몸에서 나는 여

린 냄새가, 총체적인 어설픔이. 나도 저런 몸이었다. 희로애
락에 휘둘리며 하루하루 진지하게 세상에 맞서던 내가 저
런 작은 몸속에 있었다.

옆에 서기

동네 책방을 운영하며
가장 크게 느껴지는 어려움

"동네 책방을 운영하시면서 가장 크게 느껴지는 어려움
은 무엇인가요?"

인터뷰할 때마다 빼놓지 않고 이 질문을 듣는다. 글을
쓰면서, 혹은 뮤지션으로 살면서 가장 힘든 일이 무엇이냐
는 질문은 거의 들어본 적이 없는데 책방 주인으로는 어느
자리에 나가도 꼭 이 질문을 듣게 된다. 이유가 뭘까? 작가
나 뮤지션과는 다른…… 어떤 연민을 불러일으키는 분위
기가 책방 주인으로 임한 나로부터 느껴지는 것일까. 혹은,
이미 정답을 알고 있는데 확인하고 싶어서일까.

나는 매번 돈이라고 대답한다. 그러면 상대 쪽에서는 언
제나 그럴 줄 알았다는 반응이다. 역시, 장사가 잘 안 되시
죠. 요즘 다들 책을 안 읽으니까…… 하고 진심으로 이해
해준다. 분위기가 허락된다면 나는 다음과 같은 말을 이어
서 한다.

"맞아요. 장사가 늘 잘 안 되지요. 그게 힘든 일이에요. 그런데 그것보다도 더 힘든 건 다른 데에서 와요. 실은 책방을 열면서 돈에 대해서는 그다지 심각하게 생각하지 않았어요. 제가 좀 마음대로 확신해보자면 많은 동네 책방의 대표님들, 그리고 작은 책방을 열고 싶어하는 분들도 저처럼 그랬을 것 같아요. 마음속 최우선의 자리에는 돈보다도 꿈이나 소원, 어떤 가치관 같은 것들이 있었을 거예요. 이 일로 떼돈을 벌 수 없다는 것쯤이야 이제는 모르는 사람이 없으니까요. 그런데 장사를 할수록 제가 이상해지더라고요. 분명히 호젓하고 여유로운 책방이 되기를 바랐으면서, 정말로 손님이 너무 드문드문 오니까 마음이 불안하고 초조해지고요. 혹시 책이 너무 안 팔리는 건 내 큐레이팅에 문제가 있어서일까 하는 생각이 들면서 점점 내가 들여오고 싶은 책보다도 잘 팔리는 책에 기웃거리게 되고요. 손님이 들어와서 책을 살 수도 있고 안 살 수도 있는 거잖아요. 그런데 책방에 와서 이 책 저 책을 한참 구경해놓고서 10퍼센트 할인해주는 온라인 서점을 통해 책을 주문하는 것을 보거나, 사진만 한참 찍고 그냥 나가는 손님을 보면 속에서 부글부글하는 것이 느껴져요. 돈에 연연하지 않고 살기 위해 마련한 공간 안에서 아이러니하게도 점점 돈에 연연하는 사람이 되는 거예요. 너무 웃기죠. 1순위가 돈이 아닌 삶을 위해 필요한 1순위가 돈이라는 게. 그렇게 변질되는 저를 대면하는 일이 괴롭습니다."

위에 적어놓은 대로 '분위기가 허락되면' 하는 말이다. 왜냐하면 아무래도 조심스럽기 때문이다. 나는 어느 정도 안정적이고 수혜를 입고 있는 책방 대표라고 생각한다. 손실을 메울 수 있는 다른 직업과 수입이 있고, 서울에 있을 때보다 상대적으로 무척 저렴한 임대료로 제주에 머물고 있다. 서울에서처럼 다음 달 월세를 낼 수 있을지 전전긍긍하지 않는다. 그럼에도 불구하고 돈은 벌리고 있다고 말하기 늘 초라한 수준이다.

최근에는 '도서 정가제'에 관한 기사들을 열심히 찾아보고 있다. 솔직히 말하면 도서 정가제를 없애느냐 유지하느냐가 이 정도로 분분한 이슈인 줄 몰랐다. 내 주변에서는 거의 도서 정가제는 유지되어야 하며, 가능하다면 완전 도서 정가제로 더 강화되어야 한다는 입장뿐이었고 나 역시 같은 생각이었기 때문에 반대쪽 입장에 대해서는 너무 무심했던 것이다. 그러다 얼마 전, 곧 다가올 도서 정가제 재검토를 앞두고 칼럼을 하나 써줄 수 없겠냐는 청탁을 받았고, 비로소 사람들은 이에 대해 어떻게 생각하고 있는지 도서 정가제에 대한 다른 의견들을 찾아보게 되었다. 그리고 내가 몰랐던 것들을 많이 알게 되었다. 책값이 너무 비싸다고 생각하는 사람들이 정말 많다는 점, 누군가에게 책은 소설이나 시집이지만 누군가에게는 문제집과 참고서를 의미하기도 한다는 점, 책이 비싸니 도서관을 이용해야 하지만 도서관의 수가 너무 모자라고 책의 수도 만족스럽지 못하다는 점. 그러다 어디선가 '돈독이 올랐다'는 표현을 발견했다. 도서 정가제를 유지해야 한다는 입장을 향해 던진 말이었다. 나는 그 표현을 보고서야 내가 느꼈던 괴로움을 정확하게 이해할 수 있게 되었다. 내가 책방에서 괴로웠던 것은 돈독 때문이었구나. 돈의 독 때문에 힘들었구나. 돈이 너무 많아 돈독이 오르는 사람들이 있다. 자기가 가진 돈이 스스로 돈을 벌어서, 시간이 지날수록 자기 잔고 속 0의 개수가 버블버블 늘어나서, 그것이 너무 재미있어서, 그들은 신나고 흥겹게 그 독에서 유영한다. 반대편에서는 누군가 돈이 턱없이 부족해서 돈독이 오른다. 당장 다음 달의 평범한 일상이 불투명하고 요원해서, 아무리 일해도 도무지 여유 있는 삶이 도래하지 않고 언제나 현실이 빠듯하고 거칠어서, 원하지 않는데도 내몰리듯 돈독이 올라 지나치게 돈밖에 모르는 사람이 된다. 책값이 너무 비싸다며 도서 정가제의 폐지를 원하는 사람들도, 동네 책방의 생태계가 무너질 것을 우려하며 도서 정가제의 유지를 원하는 사람들도 어쩐지 후자의 이유로 돈독에 노출이 되고 있는 것은 아닌가 하는 서글픈 생각이 들었다.

결국 청탁받은 칼럼은 쓸 수 없겠다고 말했다. 도서 정가제는 나처럼 작은 책방을 하는 사람들에게는 최저임금제처럼 절박한 법이지만, 그럼에도 '비싸다'라고 하는 말에는 어쩔 수 없이 마음이 약해지려고 한다. 이런 줏대 없는 마음으로 누군가를 설득하는 글을 쓸 자신이 없다. 얼마 전 SNS에서 도서 정가제를 지지하는 사람들이 관련 사안에 대해 너무 감상적으로 호소하는 것 같다는 짧은 코멘트를 본 적이 있다. 그 코멘트가 좀 새삼스럽다는 느낌이 들었다. 도서 정가제뿐 아니라 이미 책 자체에 대해서도 감성에 호소하며 접근한 지 오래 아닌가 하는 생각이 들었기 때문이다.

읽지 않아도 되니까 제발 사주세요! 나 역시 책방 매출이 끔찍하던 시절 트위터에 자조적으로 이런 농담을 던진 적이 있다. 그래놓고는 한참 찝찝한 질문에 시달렸다.

정말 그래도 되는 거야……?

진짜 '책'은 과연 앞으로 우리에게 어떤 존재가 될까. 얼마 전 〈이어즈&이어즈years&years〉라는 영국 드라마를 흥미진진하게 보았다. 근미래를 다루는 이야기인 데다가 현실의 국제 정세가 그대로 반영되기도 해서인지 보다보면 정말로 조만간 살게 될 우리의 삶을 미리 엿보는 것 같은 기분을 느낀다. 그 드라마에 따르면, 2028년에는 왜인지는 모르겠지만 인터넷이 굉장히 느려진다. 그리고 툭하면 정전 사태가 발생한다. 그래서 정전으로 손실되는 정보가 너무 많다보니 종이 인쇄물이 다시 등장하기 시작한다. '종이책도 그즈음 다시 각광받겠군.' 나는 그 부분을 보며 생각했다. 일단 8년간은 버텨보려고 한다.

구겨진
얼굴

책방의 하루는 늘 느긋하고 평화로울 것 같지만 꼭 그렇지만도 않다. 책방이 가진 특유의 낭만적인 이미지를 거스르고 싶지 않아 웬만하면 말하지 않아서 그렇지 책방에서도 얼굴 붉힐 일이 정말 많다.

서울에서 책방을 하던 시절의 가장 고질적인 문제는 주차 문제였다. 그 동네(종로구 계동 한옥마을)는 주차난이 늘 심각한 곳이었다. 언제나 관광객이 몰렸고 주차장은 적고 멀리 떨어져 있었다. 그러다보니 동네 여기저기에 제멋대로 주차된 차가 속을 썩이기 일쑤였다. 내 책방으로 말할 것 같으면 그야말로 불법 주차계의 핫플레이스였다. 출근을 하면서 책방 문을 열기 전 먼저 하던 일은 책방 앞에 주차되어 있는 차주에게 차를 빼달라고 전화를 거는 것이었다. 책방 문을 열어놓았음에도 불구하고 버젓이 앞에 주차하려는 차로 달려나가 여기 주차하면 안 된다고 말하는 것

도 매일 있는 일이었다. 앞에 세워놓은 나무로 만든 입간
판을 몰래 주차하려는 차가 박살 내서 그걸 고치고 또 고
치고 하는 것도 일상. 그뿐인가, 문이 열려 있는 책방 앞에
주차하는 차로 달려나가 영업 중인 가게 앞에 주차를 하시
면 어떻게 하냐고 묻자 왜 안 되냐고 되레 내게 화를 내는
차주도 있었고, 차 빼달라고 전화했더니 지금 멀리서 식사
중이라 한 시간 뒤에나 갈 수 있으니 기다리라는 통보 조의
답변을 듣고 별수 없이 책방 오픈을 늦추며 분을 삭여야
했던 적도, 아예 책방 문조차 열 수 없을 만큼 바짝 주차
를 해놓은 주제에 전화번호도 적어놓지 않아 하루 종일 손
님을 받지 못한 적도 있었다. 구청에 전화해서 견인을 요청
하면 되지 않느냐고? 했다. 수없이 했다. 그러나 견인차는
카카오 택시처럼 앞다투어 몇 분 내로 달려오는 그런 차가
아니었다. 오매불망 견인차를 기다리고 있는 와중에 유유
히 자기 차를 빼러 오는 차주를 보면, 너무 화가 나서 눈이
돌아간다는 말이 무슨 뜻인지 알 것 같은 기분이 들었다.

"연락처를 남겨놓지도 않고 남의 가게 앞에 이렇게 차
를⋯⋯. 이 차 때문에 오늘 영업도 못 하고⋯⋯."

치가 떨리도록 화가 나서 말도 제대로 안 나오는 상태로
부들부들거리고 있으면 열에 아홉은 그렇게 흥분할 일이
냐는 얼굴로 '미안하다'라는 말을 휙 던지고 가버렸다.

이런 일을 매일 겪었다. 이런 일을 매일 겪다보면 어떤 얼굴이 되는지 혹시 아는가? 나는 안다. 본 적이 있다. 예전에 차가 있던 시절, 주차 공간이 아닌 곳에 슬금슬금 주차하려고 폼을 잡을 때마다 어디선가 득달같이 달려나와 무섭게 성을 내던 얼굴들. 나는 책방을 열고 나서야 그 구겨진 얼굴을 진심으로 이해할 수 있게 되었다. 나 같은 사람을 매일같이 겪지 않고는 절대로 지을 수 없는 얼굴. 결국 나도 어느새 똑같이 따라 짓고 있는 그 얼굴.

허혁 작가의 책 『나는 그냥 버스 기사입니다』(수오서재)를 읽으며 나는 다시 한번 그 얼굴을 가만히 떠올렸다. 전주에서 5년째 시내버스 운전기사 일을 하며 겪은 다양한 희로애락들이 감칠맛 나게 적혀 있는 이 에세이 속에는 '버스 기사가 선글라스와 마스크를 착용하는 이유'가 등장한다. 햇빛과 먼지를 피하기 위한 1차적 목적 외에, 그들은 얼굴을 가리기 위해서 쓴다고 했다. 하루 18시간 운전대를 잡은 채 온갖 사람들과 부대끼면서 만들어진 얼굴, 그 구겨진 얼굴을 조금이라도 감춰보려고 마스크도 끼고 선글라스도 쓴다고 적혀 있었다. 장강명 작가와 진행하는 도서 팟캐스트에 초대되었을 때 "우리는 늘 화가 나 있어요" 하고 자신의 얼굴을 미안해하던 허혁 작가를 이제 나는 내가 매일 타는 수많은 버스 안에서 본다. 그들의 구겨진 얼굴이, '징그럽게 외롭고 고독한 삶의 대목'이 이제야 눈에 들어오기 시작했다. 거리에도 '구겨진 얼굴'은 많다. 집회 현장에 나와 앉아 있는 사람들. 그들은 조용하고 얌전하지 않다. 늘 화를 내고, 얼굴을 빨갛게 만들며 언성을 높이고, 머리를 깎고 피를 토할 듯 절규하고 있다. 나는 그 구겨진 얼굴들을 보며 이제 절대로 '저렇게까지 흥분할 일이야?' 하고 생각하지 않는다. 죽고 싶을 만큼 매일같이 겪는 불평등과 차별들, 아무리 좋게 말해도 듣지 않고 변하지 않아 결국 얼굴이 꾸깃꾸깃 구겨진 채로 거리에 나온 노동자들과 여성들, 장애인들, 그 밖의 약자들. 언제 어디서든 어떤 구겨진 얼굴을 마주했을 때 '얼굴을 펴라'고 하는 것이 아니라 무엇이 당신의 얼굴이 이렇게 구겨지도록 만들었는지를 묻는 것. 최대한 자주 그 구겨진 얼굴을 따라 옆에 서는 것. 책방을 운영하면서 힘들고 귀하게 배운 태도이다.

가장 불쌍한 것은
인간

　책방 앞으로 『아무튼, 비건』(위고)이라는 책이 배달되었을 때의 일이다. 나는 책보다도 책과 함께 배달된 배지에 사로잡혔다. 배지에는 'make the connecting, go vegan!(연결되자, 비건이 되자!)'이라는 문구와 함께 사랑스러운 돼지가 그려져 있었다. 정말로 귀여운 배지였다. 그러나 난 이 배지를 옷에 달 생각을 못 하고 그냥 초조하게 만지작거리고만 있었다. 마침 책방에 가장 어린 단골 손님인 초등학교 1학년 김나린이 찾아왔다.

　"나린아, 이모가 배지 줄까."

　나린이는 배지를 보더니 환호했다.

　"줘, 너무 예뻐!"

　나는 머뭇거리며 말했다.

　"그런데 말야. 나린이가 이 배지를 달면 고기를 먹으면 안 돼."

"왜 안 돼?"

"음, 여러 가지 문제가 있는데…… 아무튼 이 배지는 동물을 이제 먹지 않고 예뻐하기만 하겠다는 약속 같은 거야."

웬만해서 내가 주는 것을 거부하는 일이 없는 나린은 단호하게 거절했다.

"난 됐어. 이모 달아."

"이모도 못 달겠어서 그래. 나린이가 달아."

"나는 고기를 먹어야 하는 사람이야. 이모가 달아."

우리는 배지를 두고 옥신각신 다투다가 결국 돼지 그림이 보이지 않게 뒤집은 채로 책상 구석에 배지를 올려두었다. 그날 저녁으로는 나린의 가족과 양고기를 먹었다.

나로 말하자면 '고독한 채식주의자'이다. 직접 명명한 것이다. 나는 혼자 식사할 때만 육식을 피한다. 장을 볼 때도 육류를 사지 않는다. 그러나 여럿이서 식사할 때는 다수의 의견을 따라 아무거나 먹는데 거의 대부분 육식을 하게 된다. 이런 태도는 나도 뭔가 실천하고 있다는 명분이 선다는 점에서, 내 주변 사람들을 불편하게 하지 않는다는 점에서, 그리고 여럿이서 밥을 먹을 때를 기회 삼아 육식을 향한 허기를 채울 수 있다는 점에서 여러모로 완벽했다. 그러나 그럼에도 내 양심은 한마디 시비 거는 것을 늘 잊지 않왔다. '넌 그냥 생색내고 있는 거잖아'라고 말이다.

하재영 작가의 『아무도 미워하지 않는 개의 죽음』(창비)을 읽었을 때가 생각난다. 스스로는 개고기를 먹지 않지만 남들이야 먹든 말든 별 관심이 없었던 나는 그 책을 통해서 '개고기 식용 문화'는 사라져야 한다는 것을 완벽하게 납득했다. 윤리적 차원의 문제는 차치하고, 개들이 무엇을 먹으며 길러지고 결국 어떻게 죽임을 당하는지를 알고 나자 그 고기를 여름 복날에 세 번이나 먹는 짓이 결코 인간에게 유익하지 않다는 것을 알았다. 그 개들은 똥과 오줌이 몇 겹이 되도록 굳고 쌓이는 것을 반복하는 지옥 같은 철창 안에서 생명이라면 먹을 수 없는 것들을 먹는다. 내가 사랑하는 사람들이 그렇게 온통 독으로 점철된 애들을 건강을 위한답시고 먹는 것을, 도저히 남들이야 먹든지 말든지 하는 식으로 놔둘 수가 없었다. 나는 처음으로 내 가까운 사람들에게 호소라는 것을 해보았다. 개, 그리고 나한테는 개보다도 더 소중한 당신을 위해서 개를 먹는 것을 그만두자고.

『아무튼, 비건』은 불쌍하니까 동물들을 먹지 말자고 감정에 기대는 책이 아니었다. 오히려 책을 다 읽고 나니 가장 불쌍한 것은 인간 같았다. 지금의 공장식 축산 시스템 때문에 소, 닭, 돼지에만 문제가 있는 것이 아니라 우유, 계란, 해산물, 양식물까지 몽땅 엉망진창이었다. 그리고 문제의 심각성을 모른 채 무지막지하게 생산하고 소비하는 인간 때문에 결국 지구는 망하기 일보 직전이 됐다. 비건을 실천하는 것은 몹시 어려워 보였다. 특히 한국에서 실천하는 것은 더. 그러나 비건은 생각했던 것보다 훨씬 위대한 일이기도 했다. 인간의 생명뿐만 아니라 동물의 생명으로까지 자기 감수성을 넓히는 일이자 스스로의 건강을 확실히 챙기는 진정한 자기애의 실천이었고, 뿐만 아니라 이 사회를 지배하는 자본주의의 그릇된 구조의 일부를 향한 몸의 정치였기 때문이었다.

배지는 한동안 더 책방 책상 위에 방치되어 있었다. 그리고 결국 내 가슴에 떳떳하게 달리는 데 성공했다.

저는 채식주의자이고
고기를 좋아합니다

채식 생활을 시작한 지 이제 2년이 다 되어간다. "채식하시면 힘들지 않으세요?"라는 질문 역시 지난 2년간 꾸준히 받고 있다. 그때마다 "그게, 저, 생각보다 힘들지 않습니다"라고 대답한다. 이 대답을 믿지 않는 사람들이 많다. 채식이라는 고난의 길로 꾀어내려고 내가 거짓말을 하고 있다고 생각하거나, 원래는 정말 어려운 일인데 내가 너무 독해서(!) 2년간이나 잘 수행하고 있는 거라고 생각하는 것이다. 특히 내가 얼마나 고기를 좋아하는지 잘 알고 있는 지인들은 "몰랐는데 너 진짜 독하네"라고 실제로 말하기도 했다. 사실 그 말을 들었을 때 기분이 좋았다. 복수심이든 승부욕이든 그 어떤 야망으로 인해 독해진 인물들을 소설이나 영화 속에서 볼 때마다 나도 약간 그런 사람이 되어보고 싶었기 때문이다. 그러나 딱 보면 아시겠지만 나는 매사 묽다. 따라서 나의 채식 생활도 '한없이 투명에 가까운 블루'

상태로 여기까지 온 것이다. 지금부터 내가 어떻게 2년간 채식 생활을 할 수 있었는지에 대해 이야기해볼 텐데, 어쩌면 헛웃음이 나올 수도 있다. 허, 이렇게도 허투루 채식 생활을 할 수 있구나…… 야, 이게 채식 생활이면 나도 하겠다……. 사실 이 글을 쓰며 바라는 것은 바로 그것이기도 하다.

'야, 나도 하겠다.'

당신이 날 비웃으며 꼭 그렇게 생각해주기를 기다리고 있다.

0. 완전 비건 체험을 재미 삼아 해본다.

자기 삶에 뜻 없이 이런저런 제약을 걸어 일부러 약간 불편하게 살아보는 재미를 다들 경험한 적이 있을 것이다. 대표적인 것이 오른손잡이의 경우 왼손으로 젓가락질해보기일 텐데 실제로 나는 이 불편한 재미를 거쳐 양손으로 젓가락질할 줄 아는 사람이 되었다. 그 외에도 겨울에 보일러 안 틀고 버텨보기, 냉장고 없이 살아보기, 수건 한 장으로 한 달 버텨보기, 뭐 이런 걸 재미 삼아 해본 적이 있다. 나는 비건 생활을 약간 그런 마음으로 시작했고 한두 달 정도 지속했었다. 이 기간 동안 내 선에서 할 수 있는 비건 요리를 만들어보기도 하고, 편의점에서 비건이 먹을 수 있는 음식들은 뭐가 있는지 꼼꼼히 들여다보기도 하고, 서울과 제주의 다양한 비건 음식점을 돌아다녀보았다(애플리케이션 '채식한끼'의 도움을 많이 받았다). 내 의도대로 무척 불편하고, 동시에 신기한 경험이었다. 분명히 식생활을 제한하고 있는 중인데 오히려 식생활의 스펙트럼이 굉장히 확장되는 기분을 느꼈기 때문이다. 쳇바퀴처럼 먹던 것만 먹으며 돌아가던 고리타분한 식세계는 이 짧은 기간 동안 미지의 영역으로 쭉쭉 뻗어나갔다. 고기가 안 들어갔는데 더 깊은 맛을 내던 채개장, 고기가 들어가지 않았다는 것을 믿기 어려웠던 만두, 우유가 들어가지 않으면서도 감칠맛 나는 빵…… 몇 가지 구황작물과 상추, 청양고추, 그리고 횟집에 가면 주는 당근과 오이가 즐길 줄 아는 야채의 전부였던 나는 하나하나 못 먹던 야채들도 먹을 줄 알게 되었다. 흥미로운 걸 죄다 입으로 가져가고 보는 아기처럼 나는 처음 보는 식물들, 안 먹어본 야채들을 일단 다 입으로 가져가 집어넣어보았다. 맛있는 건 맛있는 대로(고들빼기, 민들레나물, 연근), 맛없는 건 없는 대로(셀러리, 미나리) 재미있었다.

특별히 채식 생활에 관심이 없더라도 재미 삼아 비건 생활을 짧게 경험해보기를 추천한다. 이 기간을 거친 당신이 예전으로 돌아가 고기를 먹는 생활을 다시 하게 되어도 당신이 즐길 수 있는 음식의 가짓수는 이전보다 훨씬 늘어나 있을 것이고, 그건 당신의 남은 인생 내내 즐거운 일이 될 것이다.

나는 다시 예전으로 돌아가지 않았다. 다양한 채식의 세계를 조금 더 누려보고 싶었다. 그러나 서울과 제주를 자주 오가며 거의 대부분의 끼니를 바깥에서 해결하고 있던 나는 매번 비건식을 챙겨 먹는 데 한계가 있다는 것을 받아들여야 했다. 그래서 난이도를 한껏 낮췄다. 최대한 비건을 지향하되 사정이 여의치 않을 때는 유제품도, 해산물도 먹는 페스코 베지테리언으로 채식 생활을 재설정했다. 그렇게 짧은 비건 생활을 거쳐 느슨한 채식 생활로 돌아왔더니 전혀 예상치 못한 것이 왔다. 그것은 감사함이었다. 무슨 종교도 아니고 뜬금없이 웬 감사함이냐 싶은데 정말 그런 기분이 몰려왔다. 비건 놀이를 하며 먹지 못했던 하나하나의 익숙한 식재료가 그렇게 새롭고 감사할 수가 없었다. 생선도, 계란프라이도, 된장찌개에 들어간 바지락도 너무 맛있어서, 먹을 수 있어서 감사했다. 버터 범벅 크루아상이 내 입으로 들어간다는 사실이 말도 안 되게 감격스러웠다. 그렇게 한동안 매 끼니를 굽신굽신 감사하다는 마음으로 먹다가 자연스럽게 깨달았다. 지금 이 정도로도 내가 먹을 건 과분하게 많다는 것을. 이 정도의 식생활로도 앞으로 충분히 행복하겠다는 사실을. 나는 그냥 이 세계에

눌러앉았다.

1. 놀라지 마시라, 채식 생활을 하면서도 얼마든지 고기를 즐길 수 있다.

여기서부터 '묽은 채식주의자'의 진가가 발휘되기 시작하니까 집중해서 읽어주기 바란다. 채식주의자가 되면 이제 고기와는 영영 안녕이라고 생각하겠지만 내 입장에서 그것은 거의 불가능에 가깝다(물론 깨끗하게 이별한 채식주의자들도 많다). 나는 채식 생활을 나다운 묽음으로 커스터마이징했다. 집에서는 다소 엄격한 비건 지향식을 섭취하다가도 나는 종종 의도치 않게 고기를 먹었다. 부모님 댁에 가서 여전히 내 채식 생활을 못 미더워하는 어머니가 슬그머니 넣은 김치찌개 속 돼지고기를 볼 때, 단체로 피자를 먹게 되었는데 그게 불고기 피자였다거나, 일행이 자기 반찬으로 나온 장조림을 남길 때, 고기가 안 들어가는 줄 알고 볶음밥을 시켰는데 밥알 사이에 다진 고기가 섞여 있다는 것을 알게 될 때! 그러면 웬 떡이냐 하고 먹었다. 나는 효녀이고, 당장의 허기가 일단은 중요하고, 남이 먹다 남긴 고기는 음식쓰레기가 되는 것보다 내가 먹는 것이 낫기 때문이다. 나는 이때마다 정말 맛있는 별식 한 주먹을 먹는 고양이가 된 듯한 짜릿한 기분을 느낀다.

2. 치팅 데이가 있다.

나는 내 생일을 치팅 데이로 정했다. 이날은 작정하고 고기를 먹는다.

첫 번째 치팅 데이 때는 순대곱창 볶음, 두 번째 때는 제주 흑돼지를 먹었다. 치팅 데이에 무엇을 먹을지는 내 마음속에 있는 '치팅 데이 폴더'를 참고한다. 나는 그곳에 그때그때 먹고 싶은 메뉴를 저장해둔다. 왁자한 고깃집 앞 훅 끼치는 유증기를 통과하며 갑자기 마음이 동할 때면 치팅 데이 폴더를 열고 그날 꼭 삼겹살을 먹겠다는 다짐을 적어둔다. 어느 날 까닭 없이 치킨에 맥주를 벌컥벌컥 마시고 싶어지면 또 폴더를 열고 그날 치킨에 맥주를 먹겠다고 적는다.

확실한 보상의 날까지 인내하는 고통에는 이상하지만 쾌감도 있다. 나는 생일이 될 때까지 고통스러우면서도 두근거리는 시간을 보낸다. 그리고 그토록 기다리던 내 생일상은 치팅 데이 폴더에서 토너먼트를 거쳐 우승한 최후의 메뉴로 차려진다. 나는 친구들과 그것을 맛있게 먹는다.

이것은 내 일 년 중 가장 의미 있는 일탈이다. 나는 고기를 먹는 일을 일탈의 영역으로 둔 것을 아주 잘한 일이라고 생각하고 있다. 일탈은 짜릿하고, 즐겁고, 그러면서도 일상을 결코 이겨내지 못하기 때문이다. 우리는 일탈의 순간 꼭 조금은 시시해진다. 원래의 단조로운 내 삶이 충분히 좋았다는 것을 깨닫고 말이다. 나는 내 생일날 고기를 맛있게, 그리고 얼마간 시시하게 먹으면서 다시 고기를 먹지 않는 삶으로 얼른 돌아가고 싶은 기분을 느낀다.

처음 가벼운 마음으로 시작했던 채식 생활은 조금씩 진지해졌다. 채식 생활이 길어질수록 더 이 생활의 당위를 확신하게 되었다. 공장식 축산 시스템 속에서 동물들이 어떤 처참한 대우를 받고 있는지, 통제가 되지 않는 육식 환경이 환경오염과 기후변화를 비롯해 이 지구를 얼마나 총체적으로 파괴하고 있는지 나는 점점 더 자세하게 알게 되었고 그럴수록 이 생활에 자연스레 충실해졌다.

나는 내가 묽은 사람인 동시에 아주 미숙한 인격을 가졌다는 것을 알고 있다. 내가 알기로 인격이 미숙한 사람이 자기 신념에 너무 몰입하여 엄격해지면 자신의 무결함에 도취되기 쉽다. 나는 내가 채식 생활에 진지해질수록 자꾸 고기를 먹어야 힘이 나는 법이라고 말하는 엄마가, 자꾸 인스타그램에 삼겹살 사진을 올리는 친구가 야속하고 미워질까봐 겁이 났다. 서둘러 치팅 데이를 만든 것은 그즈음이었다. 이것이 내가 생각하는 치팅 데이의 두 번째 효능이다. 일 년에 한 번씩 나는 육식을 사랑하던 내 기원에 다녀온다. 동시에 내 신념을 자진해서 일부 더럽힘으로써(!) 내가 어쭙잖은 무결함의 도취로 가는 길을, 내가 사랑하는 사람들을 정죄하고 싶어지는 마음을 미연에 막는다.

고기를 안 먹으면서 잘 살아보기 위해 고기를 가끔 맛있게 먹는 사람의 이야기는 여기까지이다. 채식을 실천해보고 싶은데 도무지 엄두가 나지 않는 사람들을 생각하면서 이 글을 썼다. 그들에게 나의 느슨한 채식 생활이 조금이나마 용기가 되었으면 좋겠다. 각자의 상황과 입장에 맞춰서 얼마든지 나보다 더 묽게, 혹은 더 진하게 커스터마이징하며 각자 독창적이고 주체적인 채식주의자가 되어주기를 바란다. 치팅 데이가 일 년에 한 번은 너무 적다고 여겨진다면 한 달에 한 번, 일주일에 한 번도 좋다. 마치 채식주의자 라이센스라도 있다는 듯, 그런 건 진정한 채식주의자가 아니라고 누군가 조롱하거나 비난하더라도 조금도 신경 쓰지 말기를 바란다. 이 일은 타인에게 인정받기 위해서 하는 것이 아니기 때문이다. 매일매일 먹는 끼니라는 것을 통해 조금 더 지구에 이로운 선택을 하는 존재가 되고 싶다고 생각하는 당신 자신에게만 중요한 문제라는 것을 잊지 말아야 한다. 당신의 주인공은 당신뿐이다.

택시는
좋은 것이다

택시는 좋은 것이다. 이것은 반박이 불가능한 몇 가지의 진리 중 하나에 해당한다고 나는 주장한다. 차 없는 사람에게, 감당하지 못할 만큼 짐이 많을 때, 약속 시간에 늦었을 때, 컨디션이 좋지 않을 때, 귀찮을 때, 너무 더울 때, 너무 추울 때, 갑자기 비가 올 때, 갑자기 눈이 올 때, 너무 이른 시간에, 너무 늦은 시간에, 가까운 곳에 갈 때, 먼 곳에 갈 때, 내가 슬플 때, 내가 기쁠 때…….

'택시는 좋은 것'이라는 문장, 사실 되게 오랜만에 써본다. 한동안 택시에 대한 이런저런 나의 의견들은 긍정적일 때가 거의 없었던 것 같다. 몸과 마음에 깊게 안착한 2016년 '강남역 살인 사건'의 공포와 분노는 자연스럽게 나를 여성으로 사는 사회 속에서 겪는 차별과 혐오에 집중하는 사람으로 변모시켰고, 그 차별과 혐오의 여러 현장을 이야기할 때 '택시' 역시 절대 빼놓을 수 없는 중요한 무대였던 것이다.

그 안에서 일어나는 여러 가지 사건 사고들에 대한 여성들의 고백에 귀를 기울이고 매번 인상을 쓰느라고 택시는 참 좋은 것이라는 문장을 써볼 엄두를 그동안 내지 못했다.

그러다가 금정연 작가가 쓴 『아무튼, 택시』(코난북스)를 읽었다. 그는 택시를 진심으로 좋아하는 사람이었다. 자신이 써야 하는 원고지 매수를 본능적으로 택시 요금으로 치환하여 계산할 줄 알며(그의 책에 따르면 원고지 1매를 쓰면 택시를 대충 18분에서 23분 정도 탈 수 있다고 한다), 종종 택시를 타고 싶어서 택시비를 위해 글을 쓰기도 한다고 말할 정도이니 말이다. 뜨거운 사랑은 금세 전도된다. 그 책을 읽으며 자연스레 온기가 내게도 옮아옴을 느꼈다. 그리고 택시에 대한 웃기고 다정한 기억이 두 개나 떠올랐다.

1. 서울

밤에 홍대에 가기 위해서 택시를 탔을 때였다. 음악 소리가 컸다. 기사님이 먼저 양해를 구했다.

"음악 소리가 좀 크죠! 줄일까요?"

나는 괜찮다고 했다. 듣기 좋았다. 베이스가 묵직하고 든든했다. 허벅지께에 스피커가 달려 있는지 리듬에 맞춰 스피커의 진동이 왼쪽 허벅지를 통해 강하게 전해졌다. 노래가 한 곡 (무슨 노래였는지 기억나지 않는다) 끝나고 몇 초간

정적이 흐르는 타이밍에 "스피커 좋은 거 쓰시나봐요"라고 그냥 인사치레로 말했다. 뒤이어 새로운 노래가 시작되고 있었다. 그런데 기사님은 갑자기 볼륨을 확 줄였다. 택시 안이 일순 조용해졌다. 불길한 예감이 들었다. 기사님은 갑자기 뒤돌아 나를 바라보았다. 그러고는 너무나 기쁨에 겨운 나머지 침착해져버린 목소리로 이렇게 말했다.

"그걸 어떻게 아셨어요."

스피커 진동이 무슨 핸드폰 진동처럼 강렬하길래……라고 말하지 못했다. 나도 괜히 약간 우쭐해졌던 것이다. 그래서 더 멋져 보이라고 "딱 들으면 알죠"라고 말했다.

"아……!"

기사님은 반가운 탄식을 뱉었다. 여전히 볼륨을 키우지 않은 채로 그는 이 오디오 시스템을 장만하기까지의 노고를 빠르게 어필했다. 진심으로 신난 얼굴. 그리고 뒤이어 아주 바쁜 사람의 얼굴. 내가 내리기 전까지 뭔가 보여줄 수 있는 모든 것을 보여주려고 결심한 듯, 그는 능숙하게 한 손으로 운전대를 움직이면서 나머지 한 손으로 뭔가를 바쁘게 찾았다. 조금 뒤 들어보세요, 하면서 어떤 노래를 플레이했다. 성시경이었다.

"손님, 성시경 음색의 백미가 뭔 줄 아세요?"

"……"

"숨이에요, 숨."

"……네?"

노래하는 사이사이 들리는 숨소리들이야말로 성시경의 음악을 진정으로 완벽하게 만들어주고 있는 것이라고 그는 주장했다. 그는 노래 한 곡이 흐르는 동안 몇 번이고 다음과 같이 물었다.

"들었어요? 방금 숨소리, 들었어요?"

성시경의 숨소리를 완벽하게 이해하기 위해 몇 곡이나 연거푸 성시경의 노래를 들어야 하려나, 하고 짐작했지만 역시 시간이 없어서였는지 바로 다음 노래로 넘어갔다. 이은미였다. 그녀의 박력과 그 박력의 틈을 비집고 나오는 이 매력적인 쇳소리를 자신의 스피커가 아니면 어떻게 온전하게 담아낼 수 있겠냐고 그는 또 물었다. 나는 왼쪽 허벅지로 계속 진동을 느끼면서 맞다고 대답했다. 갑자기 또 볼륨을 폭력적으로 줄이고 기사님은 말을 이었다.

"아, 저는요. 정말…… 정말 음악을 사랑합니다."

연극배우 같았다. 그러고는 뒤이어 한국 대중가요를 몇 곡 더 들려주었다. 무슨 노래였는지 잘 기억이 나지 않는다. 다만 이 택시 안에서 갑자기 내 음악이 흘러나오는 것을 자연스레 상상해볼 뿐이었다. 손님, 요조 음악의 백미는 뭔 줄 아세요? 하고 그가 물어오면 난 뭐라고 대답해야 할까. 사실 이거 제가 부른 거예요, 라고 말하면 그는 얼마나 놀랄까, 사인을 해달라고 할지도 모른다. 헛물켜는 상상을 이어가던 나는 결국 어떤 노래가 또 끝나기를 기다렸다가 질문했다.

"저기…… 요조는요?"

"네?"

"요조는 없어요?"

그는 잠시 뜸을 들이다가 대답했다. 요조가 뭐냐고. 요조가 누구냐도 아니고.

택시는 목적지에 안전하게 도착했다.

2. 제주

아주 옛날 일이다. 제주에서 살기 전 매년 홀로 제주 여행을 연례 행사처럼 다녀올 때.

그해에도 혼자 제주도에 내려왔었다. 언제나 사랑하는 마음으로 찾아오는 섬이었으나 그땐 달랐다. 도망의 마음이었다. 나는 내가 관계하는 모든 영역에서 가능하면 가장 멀리 달아나고 싶었고 제주는 그때 내 사정으로 잠시 탈출할 수 있는 가장 먼 곳이었다.

줄행랑치는 마음이어서 그랬는지 제주공항에 도착하자마자 몹시 지쳐버렸다. 버스를 타고 여행할 생각이었지만 막상 와보니 버스를 기다리고 타고 불편한 의자에 앉거나 선 채로 이동하는 일체의 행위가 다 귀찮고 버거웠다. 가까이 다가오는 택시를 세워 잡아탔다.

"○○ 해수욕장으로 가주세요."

타고 보니 기사는 여자분이셨다.

제주도의 택시 기사들은 보통 기본 이상의 가이드 기질을 갖고 있다. 관광 섬이라는 특수성 때문일 것이다. 딱 보아서 여행객이구나 싶으면 '어디서 왔느냐', '며칠 머물 예정이냐', '성산일출봉은 꼭 가봐야 한다', '어디가 회가 맛있다' 같은, 묻지도 않은 이야기들을 먼저 줄줄 늘어놓기 시작하는데 그게 어쩔 때는 여행의 무드를 훨씬 쾌활하고 신나게 만들어주기도 하지만 어쩔 때는 하나도 고맙지 않고 오히려 고문에 가까운 일이 되고 만다. 그때의 나는 당연하게도 과잉한 친절을 감당할 만한 상태가 아니었다. 다행스럽게도 한동안 기사분은 아무 말씀도 하지 않으셨다. 그러다 대뜸 혼잣말처럼 이렇게 말했다.

"무슨 일이 있구만."

나는 창밖을 보면서 숨을 고르고 있다가 깜짝 놀라 "네?"라고 물었다.

"손님 얼굴에. 일이 많아서."

기사분은 룸미러로 나를 슬쩍 보았다. 나는 피식 웃으면서 대답했다.

"저 그냥 멍 때리고 있었는데요."

기사분은 조금 거만한 듯한 표정을 지으면서 말했다.

"내가 택시 기사 몇 년인 줄 알아요, 손님? 매일매일 이렇게 사람 얼굴을 상대하는데. 이제 나는 척 보면 척이랍니다."

나는 또 웃었다.

"예전에 내가 점쟁이 점을 봐준 적도 있어요."

점쟁이 점을 봐줬다는 게 무슨 말씀이세요, 하고 내가 물었다.

"얼마 전에 어떤 아줌마를 하나 태웠는데, 기운이 장난이 아닌 거라. 그래서 남들 인생에 이래라저래라 하면서 돈 버는 사람 아니냐고 물었더니만 어떻게 알았냐는 거야! 우리 둘 다 깔깔 웃었지요. 기사님이 나보다 낫네. 그럼 내 운도 좀 봐주시우, 하면서 도리어 나한테 인생 상담을 했다니까 그 아줌마가."

무속인이라면 대개 특유의 화장법이나 옷차림이라는 것이 있을 것이고 내 얼굴에 가득한 수심을 눈치채는 일도 전혀 어려울 게 없었을 테지만 (난 정말 티가 너무 나서 탈이다) 그냥 기사분의 귀여운 허풍이 듣기 좋아서 좋은 음악 듣듯이 귀를 기울였다. 기사님은 혹시, 하고 말해놓고도

한참 뜸을 들이다가 "해변 도로로 빠져도 괜찮아요?" 하고
물었다. 좀 돌아가서 택시비가 약간 더 나올 텐데 그래도
경치가 좋다면서. 흔쾌히 좋다고 했다. 과연 훨씬 아름다
운 길이 금방 나타났다. 너무 오랜만에 입가를 당겨 미소
를 지었더니 스트레칭을 시작하고 나서야 몸의 경직이 새
삼스레 느껴지는 것처럼 오늘 내 얼굴이 하루 종일 무척 딱
딱했다는 것을 깨달았다. 쓸쓸하게 괜히 양 볼을 한 손으
로 잡아 문지르고 있는데 기사분이 말했다.

"우리가 나중에 또 만날 일이 있을까요."

질문의 의도를 파악하느라고 나는 잠깐 멈칫하고 가만
있었다.

"나는 손님이 누군지도 모르고, 손님도 저를 모르고. 아
마 목적지에 도착해서 제가 돈을 받고 손님이 내리고 나면
우리는 어쩌면 죽을 때까지, 평생 두 번 다시는 만날 일이
없지 않을까요."

"……"

"아직 갈 길이 멀어서 그래요. 정말로 마음속에 무슨 서
러운 것이 있으면 이것저것 재지 말고 그냥 다 말해버려요,
나 같은 사람한테. 손님이 택시에서 내리고 나면 아마 난
손님 얼굴도 까먹어버릴 거예요. 우리는 그런 사람들이에
요."

나는 천천히 볼을 문지르던 손을 내렸다.

택시 기사로부터 이야기를 지겹게 들은 적은 있어도, 나에게 먼저 이야기를 해달라 청했던 택시 기사는 처음이었다. 별로 이야기하고 싶은 기분이 아니었는데도 에라 하고 그냥 다 쏟아내버리고 싶기도 했다. 그래서 말해보기로 했다. 아무한테도 한 적 없는 이야기를. 내가 이 섬으로 도망쳐온 이유를. 초반에 무척 더듬거리며 민망하고 두서없던 말들이 탄력을 받으면서 금방 유창해졌다. 내가 얼마나 부끄러운지, 내가 얼마나 나쁜지, 내가 얼마나 어리석은지를 내 입으로 술술 떠벌리고 있다니. 말하는 중간중간 여러 번 어처구니가 없었다. 그러나 나를 비난할 생각도 옹호할 생각도 없는 사람의 귀로 들어간 이야기들은 그대로 산뜻하게 택시 안에서 소멸해버리는 것 같았다. 고개를 끄덕이면서 마지막까지 경청해주었던 기사분은 이야기가 끝난 뒤에도 이렇다 저렇다 별 대꾸가 없었다.

"안 그런 사람이 어디 있겠냐마는, 손님도 정말 징그럽게 외로운 사람이네. 그런데 그런 사람들이 또 주변 사람들을 그렇게 외롭게 한다우."

그 말을 하고는 또 조용한 드라이브. 바다에 다 와갈 때즈음 기사분은, 나는 손님이 언젠가 제주 내려와서 살았으면 싶네, 라는 말을 했다. 그럴까요. 내가 물었다.

"응. 제주 정말 좋아요. 손님이 여기서 살면 분명 좋아할 거예요. 내려오세요."

우리의 작별 인사는 조금 진한 데가 있었다. 이제 정말로 언제 다시 또 만날지 알 수 없는 사이였으므로.

"잘 가고. 잘 살고. 언제 정말 내려와요."

내가 무슨 말을 하면서 그 대나무 숲 같은 택시에서 내렸는지 기억나지 않는다. 기억나지 않는 게 많다. 내리기 전에 조수석 앞에 붙어 있었던 기사분의 이름도, 택시의 번호판도 열심히 외우려고 했는데. 거짓말처럼 순식간에 잊었다.

그리고 정말 시간이 흘러 나는 제주도민이 되었다. 그 기사분의 예언 같은 바람은 맞아버린 것이다. 제주에서 살면서 택시에 탈 때마다 언제나 빠르게 그를 떠올리고 또 잊는다. 정말로 당신 말대로 내가 이렇게 제주 내려와 살고 있다고, 그에게 신이 나서 알려주고 싶다. 그렇지만 앞으로 우리가 다시 만나는 일은 없었으면 한다.

어깨,
홍갑,
수진

　전날 밤만 해도 아팠는데. 병원에 가까워질수록 점점 아
프지 않다. 오른쪽 어깨 이야기이다. 어깨 통증을 지닌 지
꽤 되었다. 아팠던 기간을 여유 있게 잡아보자면 일 년이
라도 잡을 수 있다. 평소에는 고통이 극심하지는 않다. 그
러다 기타를 오래 치거나 운동을 하면 많이 아프다. 병원
에 갈까 말까 며칠 고민을 하고 있다보면 또 통증은 같이
살기 적당한 만큼으로 수그러든다. 그런데 나는 기타를 오
래 치는 법이 잘 없고 운동도 열심히 안 하기 때문에 고생
스럽게 많이 아플 일이 자주 있지는 않다. 그렇게 어영부영
통증과 같이 살고 있다. 그러다 다시 얼마 전부터 아팠다.
운동을 조금 했더니 어깨가 아팠고, 운동을 또 조금 했더
니 더 많이 아팠다. 약국에서 '케토톱'을 샀다. 그냥 통증을
견디게 해주는 게 아니라 직접 '캐'준다는 광고에 그동안
꾸준히 세뇌되어 왔는지 바로 케토톱부터 사야겠다는 생

각이었다. 케토톱은 이제 한 장 남았다. 효과는 없었다. 결정적으로 이 애한테서는 파스 냄새가 나지 않았고 붙였을 때 시원하거나 뜨겁거나 하는 어떤 기미도 일절 없어서 그냥 살색 스티커 붙이는 기분이 들었다. 그래서 나도 꾸준하고 성실하게 붙이지 않았다. 케토톱이 효과가 없는 것은 의욕적이지 못한 내 탓도 있다. 아무튼 그 전날 밤에는 하나 남은 케토톱을 어깨에 붙이며 내일 꼭 병원에 가자고 다짐을 하면서 잤다.

그날은 아침부터 장대비가 왔다. 천둥도 총 쏘는 것처럼 쳤다. 딸기잼을 바른 식빵 세 쪽과 베지밀을 먹으면서 식탁에서 『왜 맛있을까』(어크로스)라는 책을 마저 읽었다. 오후가 되자 비가 좀 잦아들어 밖으로 나왔다. 병원에 가서 진료를 받고 그다음엔 우체국에 갈 생각이었다. 얼마 전 서울 '인덱스 책방'에서 산 책을 부칠 것이다. 나는 나의 책방에서 은밀하게 '비밀 큐레이팅'이라는 걸 하고 있다. 이러이러한 고민이 있다거나 어떠어떠한 느낌의 책을 찾고 있다는 요청이 들어오면 내가 임의로 책을 골라서 책 제목을 알려주지 않은 채 보내주는 일이다. 의외로 사람들이 좋아해서 비정기적으로 하고 있다. 제주에 있을 때에는 내 책방에서 책을 골라 보내주지만 서울에 있을 때에는 다른 책방에서 책을 구입해서라도 보내주고 있다. 그날 비밀 큐레이팅을 의뢰하신 분은 인스타그램을 통해 주소와 이름을 보내오셨는데 나랑 이름이 똑같았다. 이분은 자기 이름을 어떻게 생각할까. 갑자기 궁금했다.

나는 어릴 때 한글을 배우면서 내 이름을 무척 싫어했다. 신수진. 이름에 시옷이 두 번 들어가는 게 그렇게 싫었다. 그래서 이모네 집에 가서 울면서 고백했었다. 내 이름에 시옷이 두 번이나 들어가는 게 너무 싫다고. 그랬더니 이모가 이거 비밀이야, 하면서 말하기를 내 이름은 사실 산타 할아버지가 지어준 거라고 했다. 늙은이가 지어서 조금 투박할 수 있는데, 그래도 산타 할아버지가 이름 지어주는 사람이 요즘 세상에 어디 있냐면서 나를 달래줬었다. 그날 이후로는 그냥 그러려니 했다. 내 이름 산타 할아버지가 지어줬다? 하면서 으스대지도 않았다. 지금 생각하면 나는 어릴 때 오히려 의젓했다. 유치원에서, 여름 성경학교에서 이름이 뭐냐고 물을 때마다 신수진이요, 하고 대답하면 꼭 심수진이라고 적고, 아뇨 아뇨 심이 아니고 신라면할 때 신이요, 라고 내가 다시 말해서 심 위에 ㄴ을 굵게 덧칠한, 그렇게 깔끔하지 못한 이름표를 달 때가 많았지만 언제나 그러려니 했다. 그러다 아마도 초등학교 2~3학년 무렵 내 이름이 산타 할아버지와 상관이 있을 수는 없다는 비정한 현실을 깨달았지만 이모를 원망하지도 않았고 역시 그러려니 하면서 살았다. 지금 와서는 신수진이라서 오히려 좋다. 신이라는 성이 수진이라는 이름을 좀 개성 있게 만들어주는 기분이 든다. 아무튼 그분은 성이 달랐지만 이름은 같은 수진이었다. 회사 생활이 너무 힘들다면서 도움이 될 만한 책을 받고 싶다고 하셔서 나름 골라보았는데, 수진씨의 마음에 들지 조금 걱정이 되었다.

종로로 가는 버스 안에서 핸드폰으로 병원 검색을 했더니 종로 르메이에르 빌딩에 유명한 정형외과가 있었다. 버스에서 내려 병원으로 슬슬 걸어가고 있는데 예감이 좋지 않았다. 어깨가 아프지 않았다. 에스컬레이터를 타고 3층으로 올라가면서 팔을 풍차 돌리듯이 붕붕 돌려봤지만 전혀 안 아팠다.

정말이지 병원에는 충분히 아픈 채로 가고 싶다. 아직도 잊히지 않는 짧은 기억이 있다. 분명히 감기 기운이 있었고 무척 고통스러운 밤을 보냈고 그래서 다음 날 눈 뜨자마자 병원에 갔는데, 가면서 이상하게 전날만큼 아프지가 않았다. 아니나 다를까 진료실에서 만난 의사가, 가래도 없는데? 열도 별로 없고? 하면서 안경 너머로 대체 왜 왔냐는 듯 나를 물끄러미 바라보았다. 나는 큰 잘못을 한 사람처럼 당황하면서 "이상하다, 어제는 분명 많이 아팠는데"라고 혼잣말을 했다. 그래서 뭐 어쩌라고, 라고 말하는 긴

적막을 견딘 뒤 그럼 엉덩이 주사는 안 맞는 거냐고 물어보았다. "뭐 한 대 맞고 가세요, 그럼" 하고 의사는 말했다. 큰 선심이라는 듯이.

나는 병원 입구에서 머뭇거리며 지난날의 치욕을 떠올렸다. 겨우 이 정도로 왔냐고 의사 선생님이 또 나를 비웃으면 어쩌지, 병원에 들어서며 나는 다시 쩔쩔매는 사람이 되었다.

"저 처, 처음 왔고요. 어깨가 아파서 왔어요"라고 말했다. 카운터 앞 간호사가 어쩐지 난처하다는 표정으로 말했다.

"저 그런데 지금 대기 시간이 한 시간 정도인데. 환자가 밀려서요. 괜찮으시겠어요?"

괜찮았다. 정말로 신나게 괜찮았다. 밝은 표정으로 "앗, 괜찮아요! 다음에 올게요!"라고 말하고 미끈하고 깨끗하게 다시 병원을 나왔다. 기분이 좋았다. 다음에 오면 된다. 정말 정말 아플 때. 팔을 땅에 질질 끌면서 우쭐거리며 오면 된다.

가벼운 발걸음으로 바로 맞은편 광화문 우체국으로 들어섰다. 책을 포장하고 겉에 주소를 쓰려고 메시지를 다시 확인해보는데, 수진씨가 연락처를 적어주지 않았다는 걸 알았다.

'수진님.'

'택배를 보내려면 연락처도 필요한데……'라고 인스타그램 메시지를 다시 보냈다. 그리고 자신의 감기에게 '무엇을 마실래 어린 감기야'라고 묻는 다정한 어떤 노래를 반복해 들으면서 거기 그대로 서 있었다. 답장이 없었다. 직원에게 우체국이 몇 시에 문을 닫느냐고 여쭤보니 6시까지라고 하셨다. 나는 바로 옆 스타벅스로 들어왔다.

'우체국이 6시까지래요. 근처에서 기다릴게요. 확인하시는 대로 연락처 알려주세요!'라고 다시 메시지를 보냈다. 이때가 4시쯤이었다. 시간이 흘러 6시가 되었다. 밖을 내다보니 주춤주춤 비가 다시 거세질 것 같기도 했다. 나도 그만 집으로 돌아가는 게 좋겠다. 다시 수진씨에게 메시지를 보냈다.

'오늘은 못 부치겠네요. 나중에 늦게라도 메시지를 확인하시면 연락처 보내주세요. 오늘도 회사에서 많이 힘드셨는지 모르겠습니다. 그래도 저녁 맛있는 거 드시면서 기운 내세요.'

나는 마치 내가 그 메시지를 받은 수진이 된 것처럼, 저녁으로 뭘 맛있는 걸 먹고 기운 내서 집으로 돌아갈까 생각하면서 종로 거리를 두리번거리며 걸었다.

배가 부르고
기분도 좋아지는 나라

맥주를 좋아한다. 사람들과 어울려 마시는 것을 좋아했고 지금도 좋아하기는 하지만, 점점 혼자 마시는 것을 더 즐기는 사람이 되었다. 아침 점심을 아주 푸짐하게 먹는 편이라 상대적으로 저녁에 밥 생각이 없을 때가 많다. 그럴 때면 늘 만드는 안주와 함께 맥주를 한두 캔 마시면서 영화를 보거나 책을 읽고 아롱아롱한 기분으로 잠자리에 든다. 내가 만드는 안주는 거의 한 가지뿐인데 뭐냐 하면 황태채구이이다. 황태채를 한 입 크기로 잘라 달군 팬에 바짝 구워낸 다음, 마요네즈와 간장 그리고 매운 청양고추를 종종 썰어 넣은 소스에 찍어 먹는 것이다. 언제나 그 안주만 만들어 먹기 때문에 냉장고 안에는 대용량 황태채가 큰 자리를 차지하고 있다.

다른 사람과 함께하는 술자리 중에 가장 아끼는 것은 아버지 신중택과의 술자리이다. 서울에 올라올 때마다 종종 신중택과 술잔을 나누는 밤을 보낸다. 특히 선거철에 후보 토론회를 보면서 신중택과 맥주를 마시면 방송이 끝나고 나서도 이야기가 끝없이 길어져서 새벽이 다 가도록 마시곤 했다. 정치색이 다른 우리가 이야기를 나누면 한 번 정도는 언쟁이 날 법도 한데 그동안 의견 충돌 한 번 없이 되레 우정이 점점 두터워졌다. 그런 경험들을 거쳐 결국 신중택은 지난번 선거 때 본인의 정치적 성향을 철회하고 내가 지지하는 후보로 뜻을 모아주기까지 했다.

우리가 맥주를 마실 땐 집 안에 남아 있는 모든 먹거리가 맛있는 안주가 되었다. 안주는 풍성할 때도 있었고(특히 명절 때), 때론 치명적인 단독 안주(맛있게 잘 익은 김치 하나)를 두고 술을 마신 적도 있다. 안주는 언제나 신중택이 만들었다. 그러다 어느 날은 김치냉장고에 방치된 황태채를 내가 발견했다. 먹던 대로 황태채구이와 소스를 만들었다. 그날 우리는 여느 때보다 많이 마셨다. 그렇게 제주로 내려갔다가 몇 주 후 다시 서울을 찾았을 때 신중택은 슬그머니 내 방으로 다가와 "딸 맥주 한잔하지" 했다. 그러고는 지난번 해줬던 황태채구이를 또 해줄 수 있는지 물었다. 특정 안주를 신중택이 먼저 찾은 것은 그때가 처음이었다. 술이 좀 얼큰해진 신중택은 이 안주가 그동안 생각이 많이 났다고, 호프집에서 먹는 것보다 더 맛있다고 진심으로 행복한 얼굴로 말했다. 나는 그다음 날 바로 대용량 황태채를 사다가 서울의 냉장고에도 쟁여두었다. 나의 소중한 술 친구를 위해.

장강명 작가와 함께 진행하는 도서 팟캐스트에 권여선 작가가 『안녕 주정뱅이』(창비)라는 책으로 출연해주신 적이 있었다. 모든 에피소드에 술이 등장하고 당신도 술을 무척 좋아한다고 스스럼없이 밝혔던 작가님에게 훌륭한 안주로 괜찮은 음식을 추천해달라고 부탁했다. 작가님은 "의외로 김밥이 술안주로 괜찮거든요" 하고 대답하셨다. 반가워서 깜짝 놀랐다. 실제로 신중택과 먹었던 안주 중에는 김밥도 있었기 때문이었다. 나는 신나서 "맞아요, 작가님. 김밥이 맥주랑 진짜 환상 궁합이잖아요!"라고 소리쳤다.

권여선 작가님의 김밥 예찬은 『오늘 뭐 먹지?』(한겨레출판)라는 책에 그때의 대화를 증명하듯 더 분명하게 적혀 있다. 이 책은 그동안 소설에 술 얘기좀 그만 쓰라는 주변의 타박에 고통 받다가 에잇 못 참겠다, 하고 작정하고 쓴 술안주 이야기이다. 이 책의 글들이 하나같이 활기가 넘치고 신이 나 있는 것은 당연하게도 작가님이 다시 '술국의 언어'를 되찾았기 때문일 것이다. 봄 여름 가을 겨울과 환절기로 꼼꼼히 나뉜 목차마저 버리는 것 없이 알뜰하게 소분된 식재료처럼 보인다.

일하러 가는 길, 차 안에서 이 책을 읽다가 운전을 하던 매니저에게 말했다.

"권여선 작가님은 소주를 마시게 되면서 음식의 맛을 더 폭넓게 알게 되셨대요."

매니저는 어쩐지 아득해진 눈으로 "저도 그렇습니다" 하고 대답했다. 그녀도 술국인이었던 것이다. "맛있는 음식을 소주와 함께 먹는 건 얼마나 좋은 일인지 몰라요. 맛있는 음식만 먹으면 배만 부르지만 소주와 함께 먹으면……"

이어지는 말을 기다렸다.

"배도 부르고, 기분도 좋아지잖아요?"

일터로 가는 차를 돌려 이대로 맛있는 음식과 달큰한 소주 한잔 나누러 어디든 가자는 말을 참느라 우리는 한동안 말이 없었다.

참 예쁜 것

고등학교 2학년 때 일이다. 그때 나는 점심시간에 바로 뒤에 앉아 있던 애들하고 점심을 같이 먹었다. 밥을 먹을 때를 빼고는 그 애들과 하루 종일 말 한마디 섞지 않을 때가 많았다. 아니 심지어 밥을 먹으면서도 대화를 별로 나누지 않았던 것 같다. 나는 그들과 그다지 친하지 않았다. 친하지도 않았는데 같이 밥을 먹게 된 계기는 기억나지 않는다. 기억하는 것은 어쨌든 점심시간이 되면 뒤를 돌아서 묵묵히 밥을 먹었다는 것. 같이 밥을 먹는 애들이 네다섯 명정도였다는 것. 그러던 어느 날의 점심시간, 여느 때처럼 뒤를 돌아 도시락 뚜껑을 열고 있을 때 어떤 애가 익숙하게 도시락을 들고 우리 자리로 다가왔다. 그 애의 얼굴을 처음으로 진지하게 쳐다보았다. 우리 반 애가 아니었다. 그렇게 밥을 같이 먹어왔으면서 같이 먹는 멤버 중에 다른 반 애가 있다는 것도 몰랐던 것이다. 그 애의 얼굴을 처음으로 그렇게 진지하게 쳐다봤던 것은 손에 『어린 왕자』가 들려 있었기 때문이었다. 나는 먼저 말을 걸었다.

"어린 왕자네?"

"응. 이 책 좋아하거든."

"나돈데."

우리는 곧장 서로에게 달려들어 단짝이 되었다. 교환 일기를 쓰고 집에도 같이 가고 무슨 할 말이 그렇게 많은지 시시콜콜 떠들고 또 떠들었다. 단정하고 아름답게 글씨를 쓰는 친구였다. 얼굴도 예쁘고 목소리도 좋고 나에겐 없는 듬직한 오빠도 있고……. 고등학교를 졸업하고 나서는 두어 번인가 만난 게 전부라는 것은 그 애를 떠올릴 때마다 늘 나를 무색하게 하는 부분이다. 그 애의 모든 것을 그토록 열렬하게 부러워하고 좋아했으면서 왜 그것밖에 만나지 못했을까.

얼마 전 그 애로부터 연락이 왔다. 나를 잊지 않은 게 고마웠다. 놀랍게도 지금 호주라고 했다. 곧 한국에 갈 건데 만나줄 수 있겠냐고 했고 나는 좋다고 했다. 그 사이에 딸이 생겼다고 했다. 아이를 데리고 갈 만한 곳을 우리 둘 다 잘 몰라서 그냥 묵고 있는 호텔에서 음식을 배달시켜 먹기로 했다. 그 애를 만나러 가기 전에 서점에 들렀다. 문학평론가 황현산 선생님께서 번역하신 『어린 왕자』(열린책들) 두 권을 골랐다. 호텔 방 앞에서 엄마와 아이를 만났다. 마지막으로 만났을 때와 큰 차이를 느끼지 못했다. 나는 절대로 흉내 낼 수 없는 특유의 사랑스러운 미소가 조금도 훼손되지 않았다. 하나도 늙지 않았네 하고 가깝게 다가가니 자그마한 머리통에 드문드문 흰머리가 있었다. 누가 어린애한테 장난으로 흰머리를 심어놓은 것 같아 재미있었다.

얼마만이지. 10년 만인가. 10년 더 되었을지도 몰라. 밀린 말들이 앞다투어 입안으로 차오르는 것을 느꼈다. 개구쟁이처럼 뭐 먹을지를 고민하면서 배달 어플을 설치하며 부산을 떠는 가운데 뜻 없이 켜져 있던 TV 화면으로 눈길을 돌렸다가 화들짝 놀라고 말았다. 화면에 등장한 사람은 다름 아닌 황현산 선생님이었다. 그의 죽음을 애도하는 짧은 클립이 방영되고 있었다. 내가 필요 이상으로 깜짝 놀라자 엄마와 아이도 덩달아 놀랐다. 나는 음식을 주문하려고 잡고 있던 핸드폰을 내려놓고 주섬주섬 준비한 책부터 꺼내놓았다.

"저분, 내가 너무 존경하는 평론가이자 번역가셔. 그런데 번역하신 책 중에 『어린 왕자』가 있다? 우리가 그 책 때문에 친구가 됐잖아. 그래서 황현산 선생님이 번역하신 『어린 왕자』를 두 권 사와봤어. 우리, 다시 같이 읽자."

우리 둘 다 헤어질 때 오히려 긴장을 했다. 그 애는 "이모를 이제 또 언제 보니"라고, 나한테 하고 싶은 말이면서 자꾸 딸한테 했다. 나는 잘 지내, 쭈뼛거리면서 인사하고는 뒤돌아서 좀 걷다가, 깜박하고 주지 못한 선물이 하나 더 있다는 것을 깨닫고 다시 호텔로 뒤돌아 달렸다.

"연주야! 깜빡했어. 이거는…… 애기 거야!" 하고 모리야마 미야코의 『오늘 참 예쁜 것을 보았네』(북극곰)를 안겨주었다. 정말로 오늘의 내 마음이었다. 오늘 나야말로 참 예쁜 것을 보았다.

사유의
공격

제주에 살고 있는 내가 서울에 있을 때는 주로 커피발전소라고 하는 상수동 근처의 카페에 가 있는다. 거기서 노트북이나 책을 펴놓고서 진땀을 흘리는 일을 한다. 팟캐스트에서 다루어야 하는 책을 읽거나 마감이 닥친 원고를 어떻게든 완성해보려 애쓰는 공간, 말하자면 커피발전소는 나의 일터인 셈이다. 온갖 양서들이 보기 좋게 세월의 흔적을 풍기며 주인처럼 공간을 지배하고 있어서인지, 아니면 카페의 사장님이 깐깐한 문학 선생님처럼 생겨서인지, 그것도 아니면 아르바이트하시는 분이 작가라서인지, 아무튼 어떤 연유에서인지 정말 많은 작가들이 이곳을 즐겨 찾는다. 나는 그들을 내 직장 동료라고 남몰래 생각하고 있다.

이 날도 여느 때처럼 '출근'해서 진땀을 흘리고 있었다. 생선 작가에게 '뭐하냐'는 연락이 왔다. '일하는 중'이라고 답장했다. 잠시 얼굴 보러 가도 괜찮느냐기에 나의 초췌함을 받아들일 수 있다면 오라고 했다. 그는 오토바이를 타고 왔다. 커피발전소가 처음이라는 생선은 나를 보자마자 "머리는 왜 자른 거야?"라는 말로 인사를 대신하더니 그대로 자리에 앉지도 않고 카페 안을 두리번거리며 책꽂이에 꽂힌 책들을 구경했다. 한참이 지나서야 생선은 내 앞에 앉아 이렇게 말했다.

"여기 꽂혀 있는 책들 다 괜찮네. 일단 이 중에 내 책이 없다는 점이 훌륭해."

생선은 유명했다. 지금도 안 유명한 건 아니지만 예전에는 훨씬 더 유명했다. 그는 자신이 다시 예전만큼 유명해지기를 노골적으로 바라고 있다. 나는 그의 그런 '노골적임'을 좋아한다. 게다가 그는 매사에 약간 위악적으로 구는데 그 위악 역시 너무나 사랑스럽게 한심하다. 자신의 유명세 곡선이 하향하는 것을 괴로워하는 일도, 자신의 글이 구리다고 스스로를 깎아내리는 것도, 나에게 시비를 거는 일도 언제나 귀여울 뿐이다.

"내가 글 그만 쓰라고 했어, 안 했어? 음악이나 해. 아니면 언니네이발관 석원 형처럼 아예 음악 그만하겠다고 선언하고 전업으로 작가하든가. 둘 중에 하나만 하라고. 왜 이것저것 다 하면서 남의 밥줄을 위협해."

214

생선에게 이 말만 스무 번은 들은 것 같다. 나는 심드렁하게 이미 여러 번 했던 대답을 또 했다.

"나 같은 쪼렙의 글이 다른 작가의 밥줄을 위협할 일은 절대 일어나지 않을 거야. 그리고 음악 그만하겠다는 선언도 굳이 할 필요 없어. 앨범 낸 지 하도 오래돼서 그런지 이미 다들 내가 음악 그만둔 줄 알고 있더라."

생선이 준비 중이라는 다음 책에 대해 얘기를 나누는데 카페 안으로 이슬아 작가가 들어왔다. 이슬아는 나를 발견하고 껄렁거리며 가까이 다가왔다. 나는 앉은 채로 다가온 그의 허리춤을 꼭 안았다.

"안 그래도 여기 오면서 있을지도 모르겠다고 생각했는데, 정말 있네."

이슬아가 다정히 안부를 묻고 카페의 안쪽으로 사라졌을 때 생선은 작게 속삭였다.

"나 저 사람 알아."

이슬아 역시 정말 유명한데 그 유명세는 지금도 한창 진행 중에 있다. 그 진가는 이 공간에서도 톡톡히 발휘되었다. 아마도 불편하게 하지 않으려고 애써 내색을 숨긴 어떤 손님들이 일을 다 마치고 나가려 하는 이슬아에게 알은체를 하며 함께 사진을 찍고 사인을 받더니, 그가 카페를 나가고 나서도 한참 동안이나 그 여운에서 벗어나지 못하고 울먹거렸다. 정말 좋아하는 마음으로 울렁거리는 그들의 감격이 나에게까지 고스란히 느껴졌다. 생선은 내 앞에서 뚱한 얼굴로 노트에 뭔가를 끄적이고 있었다. 바야흐로, 구 베스트셀러 작가와 현 베스트셀러 작가의 현재가 앞뒤로 나란히 펼쳐지고 있는 현장이었다. 잠시 그 사이에서 멍한 채로 있었다. 어쩐지 나는 그냥 처음부터 중간쯤에 한결같이 머물러 있는 듯한 느낌이었다. 인기 작가의 영역도, 그렇다고 철저하게 잊힌 작가의 영역도 아닌 어중간한 영역에. 누군가 그런 애매한 위치의 작가를 '중간 저자'라고 농담으로 명명하는 것을 들은 기억이 난다. 어떤 작가가 세간의 집중을 받고 시간이 흘러 그 집중이 또 다른 작가로 이동하는 사이 나 같은 이도 저도 아닌 '중간 저자'는 집중받는 일 없이, 집중받은 적 없으므로 소외 역시 모르는 채로 있는 듯 없는 듯 존재하고 있는 것이다.

내 머릿속의 사유 1이 "안전하네"라고 말했다. "이도 저도 아닌 데에서 오는 안정감이 있는 것 같지 않아?" 사유 1의 말에 어느 정도 동의했다. 그동안 생선은 내가 밖에 세워둔 전기 자전거를 타고 상수동을 한 바퀴 돌고 돌아왔다. "너도 내 오토바이 타볼래?" 생선이 물었고 나는 이제 그만 일어나야 한다고 말했다. 은평구에서 중고 거래 약속이 있었다. 당근마켓이라는 중고 거래 어플로 그때그때 필요한 물건들을 중고로 사곤 한다. 그렇게 산 물건이 집안 살림의 절반은 될 것이다. 이번에 구입할 물건은 믹서기이다. 너무 푹 익어버려 손이 가지 않는 과일들을 몇 번인가 그냥 버리다가 스무디로 만들어서라도 먹어야겠다고 결심하고 사는 것이다.

약속 장소에 늦을 것 같아 갈 때는 앞만 보며 페달을 정신없이 밟았는데 돌아올 때는 여유 있게 여기저기를 두리번거렸다. 날씨가 무척 흐린 탓도 있었지만 은평구는 기본적으로 아주 후줄근한 톤을 지니고 있는 동네였다. 나는 후줄근한 색들을 제일 사랑한다. 사람들이 가만히 내버려두었기 때문에 볼 수 있는, 오랜 시간을 들이지 않으면 볼 수 없는 색깔이기 때문이다. 그런 색들이 이 동네에 가득했다. 정말 아름다운 동네라고 느긋하게 페달을 밟으며 생각했다. 그때 사유 2가 말했다. "근데 신수진은 조금도 후줄근하지 않은 현대적이고 고급스러운 도시도 좋아하잖아." 사유 3이 대답했다. "그건 신수진이 후줄근한 것을 좋아하는 사람이기 때문이야. 후줄근한 것을 좋아하는 마음으로 조금도 후줄근하지 않은 것을 좋아하는 거지." 사유 4가 덧붙였다. "신수진은 서울에 올 때마다 세련되고 감각적인 책방에서 책을 고르고 시간을 보내는 것을 아주 좋아해. 그게 왜겠어. 신수진이 취향대로 꾸며놓은 후줄근한 자기 책방과 정반대의 느낌이기 때문이지." 자전거는 불광천 자전거 길에서 홍제천 자전거 길로 진입하고 있었다. 사유들의 이야기는 이어지고 있었다. 사유 5의 목소리가 들려왔다. "동네고 책방이고 뭐든 간에 제일 재미없고 시시한 게 아무 특징 없는 것들이긴 해." 사유 6이 말했다. "애매한?" 사유 7이 말했다. "이도저도 아닌?" 그때 사유 1이 끼어들었다. "마치 '중간 저자'처럼?"

나는 화들짝 놀라 자전거를 세웠다. 사유 2, 3, 4, 5, 6, 7이 동시에 깔깔거리며 웃었다. 갑자기 비가 억수같이 쏟아졌다. 홍제천 자전거 길 위에서는 어떤 '중간 저자'가 그 비를 고스란히 맞으면서 죽어라 페달을 밟고 있었다.

길고
꾸준하게
먹는 일

어릴 때 백기녀가 커다란 들통에 곰국을 한가득 끓일 때마다 공포에 사로잡혔던 기억이 난다. 아침에도, 점심에도, 저녁에도 밥상에 곰국이 올라온다는 것. 하루 종일 같은 음식을 먹었는데 그다음 날 그 음식이 또 나오고, 자고 일어났는데 그 음식이 또 나온다. 그것이 고문이 아니고 대체 무엇인가? 내가 아무리 먹기 싫다고 어필해봤자 소용없었다. 백기녀는 나보다 신중택을 더 사랑했다. 요리의 다양화를 시도할 줄 아는 재간이 있는 나이였다면 곰국으로 라면도 끓이고 떡국도 끓이고 떡볶이도 만들면서 견뎌볼 만도 했을 텐데 거기까지 생각할 센스가 부족했던 어린 신요조는 어머니가 남편의 몸보신을 위해 들통을 꺼내는 순간부터 식욕을 잃고 비실비실 스러져가는 허약한 자식이 되곤 했다. 비단 곰국이 아니더라도 요리하는 손이 작지 않은 백기녀가 카레나 잡채, 갈비찜 같은 각종 요리를 너무 많이 만들어서 한동안 같은 음식을 끝없이 먹어야 하는 때가 오면, 나는 그게 그렇게도 싫어서 밥상머리에서 시무룩하고 뚱한 얼굴로 앉아 욕을 벌었다.

길고 꾸준하게 먹는 일. 비단 끼니에만 해당되는 이야기가 아니다. 한약, 각종 즙, 영양제 역시 먹는 사람으로 하여금 성실과 끈기, 그리고 적당한 둔함을 요하고 역시 나는 그쪽에 소질이 없다. 팩에 담긴 어마어마한 양의 한약과 각종 즙은 한동안 착실하게 줄어드는가 싶다가도 어느 순간부터 냉장고 안에서 자리만 차지하는 지박령이 되기 일쑤였고, 어떤 영양제가 좋다더라 누가 한마디 하면 득달같이 그것을 따라 사놓고도 그 작은 한 통을 깨끗하게 비운 적은 여태 단 한 번도 없다(심지어 아파서 병원에 갔다가 조제한 며칠짜리 약도 마찬가지. 언제나 마지막 한두 봉지는 남아서 집 안을 돌아다닌다).

혼자 살기 시작하면서도 뭐든 싸다는 이유로 대용량을 사면 꼭 그걸 다 먹지 못해서 쩔쩔매는 게 일이다. 얼마 전에는 세일하던 햇반 열두 개짜리를 샀는데 유통기한이 다 되도록 그걸, 고작 그거를 다 먹지 못했다. 금연에 성공하는 사람은 보통 독한 사람이 아니니 친하게 지내지 말라는 농담이 있지만 나는 그보다 더 무서운 사람은 양배추 한 통을 사서 그걸 혼자 다 먹어 치우는 사람이라고 생각한다. 무언가를 꾸준히 먹는 일이 뭐 그렇게 어려운 거라고 그걸 못 해? 라고 이 글을 읽는 당신이 혹시 지금 글쓴이를 한심해하고 있습니까?(갑자기 존댓말) 그렇다면 잠시만 멈추어주십시오. 놀랍게도 그 한심한 자가 올여름부터 꾸준하게 뭔가를 먹는 일에 성공 중입니다.

그것은 바로 하드. 시작은 우연이었다. 2~3일에 한 번씩 동네를 뛰는 생활을 하다 유난히 목이 타던 올해 여름 어느 날, 달리기를 마치고 땀에 흠뻑 젖은 채로 충동적으로 편의점에서 하드를 사보았다. 그것은 '델몬트 샤인머스캣 청포도 아이스바'였다. 하드 오랜만에 먹네, 라는 생각을 하면서 비닐을 벗겨서 한 입을 베어 물고, 녹여서 삼켰다.

그리고 그날 이후 나는 오로지 하드를 먹을 생각만 하면서 달렸다. 달리고 나서 먹는 하드 한 입이 주는 청천벽력 같은 쾌감에 완전히 사로잡혀버리고 말았기 때문이다. 다 달리고 나면 몇 킬로를 달렸는지, 페이스는 얼마나 되는지 꼼꼼하게 확인하던 나는 그때부터 동네 슈퍼의 하드 현황을 더 꼼꼼하게 챙겼다. 가능한 같은 하드는 먹지 않기 위해서 달리기의 종착점은 종종 다른 슈퍼나 편의점들로 옮겨갔다. 고작 몇 개월에 불과하지만 성실하게 하드를 챙겨 먹는 일은 당사자인 나뿐 아니라 내 기록을 지켜보고 있는 인스타그램 팔로어들에게도 조금씩 의미 있는 일이 되고 있는 것 같았다. 달리고 나서 그날의 하드 사진을 올릴 때마다 그 하드에 얽힌 추억이나, 정말 좋아하는 하드라는 반가운 고백, 혹은 무슨 맛인지 먹어보고 싶다는 호기심의 댓글이 달리기 시작했다. 먹고 싶은 하드만 편식하던 나도 점점 최대한 다양한 하드를 섭렵하고 선보이고 싶어하는 야망 있는 사람이 되어갔다.

순조롭게 몇 개월간 이어지고 있는 하드 챌린지는 겨울이 가까워지면서 난항을 겪기 시작했다. 아침저녁으로 너무 쌀쌀해졌기 때문이다. 댓글에서도 춥지 않느냐는 우려의 목소리가 점점 보이기 시작했다. 그렇지만 달리는 입장에서는 40~50분을 멈추지 않고 달리면 여름이나 가을이나 덥고 땀나고 목이 타는 것은 마찬가지여서 이대로 겨울까지 쭉 하드 챌린지를 밀고 나가보고 싶다는 심산이 있었다. 그러다 어느 날 아침, 달리기를 마치고 처음 보는 편의점에 들어갔다. 하드를 들고 계산대 앞에 섰는데 사장님이 말했다.

"세상에 이렇게 추운데! 하드를!"

오들오들 몸을 떠는 제스처까지 취하면서 말이다. 내가 먹을 건데 왜 본인이 몸서리를 치는가. 그것은 인간이 가진 공감 능력 때문일 것이다. 그렇게 생각하니까 왠지 내 하드 인증 사진을 보는 사람들도 겨울 추위 속에서 하드를 먹고 있는 나를 상상하고는 매번 몸서리를 치면서 좋아요를 눌러줄 것 같은 예감이 들었고, 그러자 한겨울까지 고집부리며 이 챌린지를 이어나가고 싶은 마음이 싹 사라졌다. 어쩐지 추워 죽겠는데 등산 가자고 억지로 직원들 이끌고는 '야 나 산 잘 타지! 나 짱이지!' 하고 엄청 자기 자랑하기 바쁜 직장 상사가 되는 듯한 느낌이 들었달까……

쉬자, 봄이 올 때까지. 나는 그날의 하드(스위티오 망고 아이스바)를 먹으며 산뜻하게 결심했다. 꾸준히 먹는 일에 난생처음으로 재미 붙였는데 중간에 멈춰야 해서 조금 아쉽게 됐지만 그래도 봄을 기다린다는 건 설레는 일이다. 봄이 오면 어떤 맛있는 하드들을 먹게 되려나. 새롭고 귀여운 하드들도 기대되지만 아주 오래전 하드를 다시 먹고 싶은 마음도 크다. '깐도리' 같은.

아주 오래전에 보았던 〈안경〉이라는 영화가 생각난다. 거기엔 매년 봄 작은 해안 마을에 홀연히 나타나 해변가에서 한동안 빙수를 팔고 다시 홀연히 사라지는 사쿠라라는 미스터리한 인물이 등장한다. 사쿠라가 사라지고 다음 해 다시 그가 나타나는 봄날, 마을 사람들은 입을 모아 "왔다!"라고 말한다. 내가 다시 슬그머니 하드를 내밀 봄날에도, 다정한 랜선 친구들이 같은 말로 반겨주었으면 좋겠다.

"왔다!"

호텔에서 묵는 일에
레벨을 매길 수 있다면
나는 레벨 1이다

레벨 1이라는 말에는 두 가지 의미가 담겨 있다. 첫째, 이 세계(?)에 진입한 지 얼마 되지 않았으며, 둘째, 앞으로 더 높은 레벨을 향해 전진할 것임을 다짐한다는 것이다. 나는 호텔에 아무 욕심도 의미도 느끼지 못하는, '레벨'의 외부에 존재하는 사람이었다. 물론 어쩌다 스케줄 때문에 호텔에서 묵게 되면 좋아했지만 그건 그저 횡재함에서 오는 기쁨이었지 오랜 갈망에서 오는 기쁨이 아니었다. 숙소는 그저 잠깐 잠을 자러 가는 곳이며 거기에 지나치게 돈과 신경을 쏟을 필요는 없다는 것이 나의 오랜 지론이었다. 국내여행이든 해외여행이든 에어비앤비로 가장 저렴한 숙소를 골라 후딱 잠만 자고 그곳을 서둘러 벗어났다. 그런 태도가 몸에 익다보니 호텔에서 묵게 될 때에도 잠을 자는 것 말고는 아무것도 시도해본 적이 없었다.

내게 '호텔'을 가르쳐준 사람은 임경선 작가이다. 『여자로 살아가는 우리들에게』(문학동네)라는 책을 공저하고 나서 우리는 함께 국내의 이곳저곳을 떠돌며 북토크를 다니기 시작했는데 그때마다 그에게 호텔을 조금씩 배웠다. 처음에 그는 커피를 마시자며 나를 호텔로 데려갔다. 호텔에서 커피 마시는 거 처음이라고 쭈뼛거리는 나를 데리고 다니면서 봐봐라, 요조야, 호텔에는 말이다, 이렇게 옷 가게도 있고, 술집도 있고, 풀장이 있기도 하고…… 하면서 호텔의 내부를 일단 주눅들지 않은 폼으로 걸을 수 있도록 가르쳐주던 임작가는, 그다음엔 호텔에서 밥을 사주고, 또 그다음엔 술을 사주고, 그다음 번에는 룸서비스를 시켜주고…… 아주 재능교육식, 스텝 바이 스텝으로 나를 호텔에 길들여갔다.

"참 너는…… 남자랑 이런 델 와야 되는데 매번 나랑 와가지고……."

점점 호텔의 공기에 훌륭하게 적응하는 나를 흐뭇하면서도 안쓰럽게 바라보며 임작가는 말끝을 흐리기 일쑤였지만, 그것은 그저 스승이 사랑하는 제자에게 느낄 법한 노파심일 뿐 나는 점점 호텔을 즐길 줄 알게 되어 마냥 행복할 따름이었다. 그중에서도 가장 궁극의 행복을 주었던 것은 고급 침구에서 푹 자고 일어난 다음 날 아침, 호텔 주변을 가볍게 달리는 경험이었다. 두 번밖에 못 해봤지만 그때

의 경험이 너무 황홀했던 나머지 그 이후 호텔에서 묵는 일
과 다음 날 아침 그 일대를 달리는 일을 따로 떼어놓고 생
각할 수 없게 되어버렸다. 그리고 놀랍게도 그 두 일을 세
트로 묶어 원고를 제안받기도 했다.

　내가 그 원고를 쓰기 위해 하룻밤 묵었던 곳은 마곡에
있는 메리어트 호텔(풀네임은 코트야드 바이 메리어트 서울 보
타닉 파크)이었다. 이 호텔을 소개받으며 들은 두 가지 특징
은 서울식물원과 바로 마주하고 있다는 점, 그리고 AI 룸
서비스가 있다는 점이었다. 나는 호텔에 가기 전날 만난 사
람들에게 AI 룸서비스에 대한 기대감을 이야기했다. "혹
시…… 막 로봇이 배달해주고 그런 거 아닐까요." 그 자리
에 있었던 사람들은 모두 코웃음을 쳤다. 다음 날 나는 호
텔 로비에서 엘리베이터를 기다리고 있는 로봇을 보았다.
진짜 로봇이었다는 것도 놀랄 일이었지만, 착한 아이처럼
다소곳이 엘리베이터 앞에 서 있는 모습이 정말 눈물겹게
귀여웠다. 엘리베이터에 타는 모습부터 객실로 배달 가는
데까지 쫓아가보고 싶었지만 어디선가 내 호텔 스승님이
나타나 '너 누가 호텔에서 그렇게 촌스럽게 굴라고 가르치
든' 하고 다그칠 것만 같아 서둘러 별것 아니라는 듯 사랑
스러운 로봇을 지나쳤다. 저녁에 룸서비스를 시키면 될 일
이다. 음식을 건네받고 머리도 쓰다듬어줄 것이다.

방에 들어서니 통유리창 너머로 보기 좋게 조성된 녹색 풍경이 눈에 쏘옥 들어왔다. 내일 아침 저곳을 달리게 되겠구나. 수조 벽에 달라붙어 이끼를 먹고 사는 비파라는 물고기처럼 창에 달라붙었다(비파를 굳이 검색해보지 말 것. 좀 징그럽다). 바깥을 바라보며 어떻게 달리면 좋을지 행복한 고민을 조금 했다. 하늘은 흐리고 조금씩 비가 오고 있었지만 내일 예보에 따르면 맑다고 하니 모쪼록 내일은 눈부시고 푸른 하늘이 준비되어 있기를. 일단은 오늘 저녁, 귀여운 코봇(아까 그 로봇의 공식 이름이다)과의 만남에 집중하기로 했다.

저녁 허기가 올 때까지 방에서 느긋하게 읽을 요량으로 무라카미 하루키의 『시드니!』(비채)를 챙겨왔다. 2000년 시드니 올림픽을 취재한 산문집이라고만 알았는데, 달리기에 대한 이야기도 대거 등장한다는 소식을 접하고 언젠가 읽어야지 마음먹고 있던 책이었다. 오늘 같은 날 읽기에 제격이겠다 하고 가져왔건만 펼쳐보지도 못했다. 왜냐하면 조금 전에 체크인을 하면서 선물로 받은 러너 전문 잡지 때문이었다. 나에게 딱 맞는 브라톱을 찾는 메인 기사부터 굳이 여성의 브라톱을 착용하고 달려본 남성 에디터들의 가상한 체험기, 아침 혹은 밤에 인적 드문 거리를 달리는 이 가벼운 일이 왜 여성에게는 절대 가벼울 수 없는 일이 되는

가에 대한 문제의식을 가득 담은 글들과 마지막으로 러너들을 위한 각종 제품들.

정신없이 탐독과 검색을 반복하다보니 어느새 저녁도 허기도 깊어졌다. 두근거리는 마음으로 서둘러 룸서비스의 메뉴를 살펴보고 고르곤졸라 피자와 맥주를 시켰다. 약 40분 정도 걸릴 예정이라는 안내를 듣고 조신하게 기다리다 슬그머니 졸음이 올락 말락 할 때쯤이었다. 누군가 문을 노크했다. 응? 로봇이 노크도 할 줄 아는가?

"누구세요?"

"룸서비스입니다!"

씩씩한 인간 남성의 목소리였다. 문을 열자 인간 남성이 조심스럽고 섬세하게 방으로 들어오며 "주문하신 음식을 어디에 놓아드릴까요?" 하고 물었다. 내가 말했다.

"왜 로봇이 오지 않은 거죠……!"

인간 남성은 무척 당황했다.

"앗, 그, 그건…… 모바일 편의점을 이용해주시는 경우에만 코봇이 배달해드리고 있고요. 식사 같은 경우에는 음식이 흐트러지거나 할 염려가 있어서 저희가 가져다드리고 있습니다."

인간 남성은 잠시 내 눈치를 보았다.

"저, 지금 제가 얼른 내려가서 코봇을 보내드릴까요?"

나는 손사래를 쳤다. 아뇨, 아니에요. 사람이 오니까 훨씬 더 좋네요. 감사합니다. 나는 다정한 휴머니스트처럼 말하며 인간 남성을 배웅했다. 그리고 객실 문이 닫히자마자 가증스럽게 모바일 편의점으로 접속해 서둘러 맛밤 하나와 캔맥주 두 개를 주문했다. 피자와 함께 주문한 맥주를 홀라당 다 마신 찰나 마침 전화벨이 울렸다. 전화를 받았더니 영어로 된 안내 음성이 코봇이 도착했음을 알려왔다. 긴장되었다. 과연 문을 열었더니 코봇이 서 있었다. 허리춤 정도 되는 아담한 원통형 몸체에 웃는 얼굴이 있고, 그 위로 납작하고 판판한 머리에 터치스크린이 있었다. 터치스크린을 누르자 웃는 얼굴이 돌아가며 문이 열렸다. 그 안에 시원한 맛밤과 캔맥주가 들어 있었다. 이 파격적인 편리함…… 친구들과 밤새 이곳에서 파티하며 술을 즐기거나 혹은 새벽에 잠이 깨 문득 출출함을 느낄 때 굳이 번거롭게 바깥을 오갈 필요가 없겠구나. 얼른 이 맥주를 다 마시고 한 번만 더 코봇을 부르고 싶은 희미한 욕망을 느꼈지만 너무 배가 불렀다. 맥주 한 캔을 겨우 다 마시고 잠자리에 들었다.

다음 날 눈뜨자마자 암막 커튼을 걷었더니, 창밖으로 정말 수채화 같은 풍경이 펼쳐졌다. 콧노래를 부르며 서둘러 옷을 갈아입고 방에서 대충 스트레칭을 한 후 밖으로 뛰쳐

나갔다. 청명이라는 말이 어울릴 법한 하늘, 그리고 차가운 아침 공기. 여름과 가을이 공존하는 지금쯤의 날씨가 일 년 중 뛰기에 가장 행복한 때가 아닐까. 서울식물원을 연거푸 돌았다. 몇 바퀴를 돌았지만 조금도 지루하지 않았다. 이런저런 샛길을 내키는 대로 선택하며 달리다보면 호수도 나오고 습지도 등장했다. 할머니도 만나고 할아버지도 만나고 아이와 멍멍이도 만났다. 그 와중에 달리는 사람들과는 몇 번을 거듭 마주쳤다. 열린숲, 주제원, 호수원, 습지원 등 4개 구역으로 구성되어 있는 서울식물원의 메인이라고 할 수 있는 주제원은 유료 입장인 데다가 오픈 전이어서 아쉽게도 들어갈 수 없었지만 아침에 달리기에는 충분했다. 일회용 필름 카메라를 한 손에 들고 달리며 예쁜 것들을 찍었다. 아침 빛을 반사하며 눈을 뜰 수 없게 하는 호수의 수면, 집단으로 모여 우르르 피어 있던 무궁화, 늠름하고 커다란 나무들 사이로 어린 나무들이 쪼르륵 심겨 있는 것, 마스크를 쓰고 뒤뚱거리면서 걸어가는 어린이들, "마스크 코까지 잘 올려쓰세요" 하고 오가는 사람들에게 세심하게 주의를 주고 있는 안전요원의 뒷모습. 나는 사진을 찍으며 슬퍼지는 것을 느꼈다. 너무 아름다운 것을 보고 있으면 늘 엄청난 속도로 슬퍼지는 것 같다. 손해 보는 걸 싫어하는 내 약삭빠른 마음이 슬퍼하지 말고 그저 이 순간을 신나게 만끽해야 한다는 뜻을 전해온다. 만끽이라는 건 언제나 약간 울고 싶은 걸 참으면서 하는 것일까. 그럼 그건 어떤 얼굴일까. 마스크 때문에 보이지 않는 이 공원 속 사람들의 얼굴들이 갑자기 근질거리게 궁금했다. 카메라로 이것저것 찍으면서 슬렁슬렁 달리니 한 시간이 금방이다. 하드를 먹을 시간이다.

설레임(레모네이드)을 구입했다. 처음 먹어보는 것이다. 다시 호텔을 향해 걸으며 얼른 먹고 싶어서 하드를 쥔 손에 힘을 꽉 주었다.

오래
살아남기

한 기업에 일주일에 한 번 방문해 독서 모임을 하고 있다. 한국의 단편소설을 매주 한 편씩 함께 낭독하고 후담을 나누는 5주짜리 커리큘럼을 준비했다. 첫 시간에 가져간 소설은 갑작스럽게 인류의 멸망을 하루 앞둔 서울에서 일어나는 일을 그린 김미월 작가의 「아직 일어나지 않은 일」이었다.

정말 인류가 멸망하면 어떡하지, 라는 궁금증이 일 때마다 괜히 호들갑을 떨며 두려워하곤 했다. 지금 생각해보면 참 신나고 안전한 공포가 아니었나 싶다. 놀이공원에서 안전장치 제대로 장착하고 무서운 놀이기구를 타는 것과 같았다고나 할까. 절대로 일어날 리 없다는 확신 속에서 나는 얼마든지 마음껏 겁먹을 수 있었던 것 같다. 코로나19 시대를 살아가며 이제 '멸망'이라는 단어에 더 이상 흥미를 느끼지 못하게 되었다. 나에게는 틀림없는 일이 되었기 때문이다. 우린 이제 다 끝났네, 시시하다는 듯 콧방귀를 뀌다가도 돌연 슬프고 화가 나서 견딜 수가 없는 기분이 팽팽히 대치하고 그러다 밤이 되면 잠이 쏟아졌다. 장마처럼. 장마는 그렇게 일어나는 일이라고 들었다. 아래쪽에서 올라오는 어떤 공기와 위쪽에서 내려오는 다른 질감의 공기가 전선을 이루며 맞서고, 그것을 견딜 수 없는 너무 많은 물이 쏟아져 내리는 일이라고.

　장마가 아니라 '기후 위기'라고 더 자주 불리고 있는 비가 너무 오랫동안 내리고 있었다. 우산을 쓰고 버스를 갈아타며「아직 일어나지 않은 일」을 들고 모임 장소로 향했다. 우울한 이야기를 끝없이 끝없이 나누어보고 싶었다. 하얗고 쨍한 형광등 불빛 아래에서 열 명 남짓한 사람들이 둥글게 앉았다. 입장하기 전 모두 체온을 측정하고 손 소독제를 사용했다. 모두 마스크를 쓰고 있었다. 어색하게 인사를 나누고 우리는 한 쪽씩 돌아가며 소설을 읽어나갔다. 다 읽고 난 후, 나는 물어보았다.

　"코로나19 때문에 우리는 전혀 상상해보지 못했던 삶을 살아가고 있는 것 같아요. 당장 하루아침에 멸망을 앞둔 소설 속 상황과 다르긴 하지만, 현실 속 지구도 이젠 꼼짝없이 멸망을 면치 못할 거라는 그런 생각이 전 자꾸 드는데요. 코로나19 이전과 이후 여러분의 삶은 어떻게 달라지

셨나요?"

침묵이 흘렀다. 그러다 한 분이 입을 열었다.

"음, 저희는 코로나19 때문에 재택근무를 하고 있거든요. 그래서 회사에 매일 나오지 않아도 되는데요, 그게……."

"네."

"……좋더라고요."

예상하지 못한 행복의 발언이었다. 미처 정신을 차리기도 전에, 다른 분이 또 행복의 발언을 이어갔다.

"저도 요즘 안 나가고 싶은 곳에 핑계 댈 수 있어서 좋던데."

"……!"

그것은 사실이었다. 나가고 싶지 않은 자리, 보고 싶지 않은 사람, 만들고 싶지 않은 약속 앞에서 나 역시 그 어느 때보다 유용한 마법의 문장을 휘두르고 있었다. "코로나19 좀 잠잠해지면 봐요." 하나면 모든 것이 오케이였다. 심각하게 침잠되어 있었던 나는 그만 실소를 터뜨리고 말았다.

"아아, 저도 그 말, 무척 애용하고 있습니다!"

아닌 게 아니라 마스크를 쓰는 일에도 조금씩 적응되고 있는 걸 느낀다. 찌는 듯한 더위 속이나 운동 중에 마스크를 쓰는 일은 여전히 고역이지만 그럼에도 억지로 웃지 않아도 된다는 점, 어느 정도의 익명성을 제공해준다는 점 등등이 주는 편의가 좋았다. 어딜 가도 손 소독제가 구비되어 있고, 다들 꼬박꼬박 손을 씻고, 상대방에 대한 배려와 조심스러움이 한결 더 당연해진 분위기도 좋은 점이었다.

인류는 멸망으로 가고 있다고 있는 대로 절망해놓고 매일 소소한 좋음 역시 이렇게 누리고 있었다는 사실을 머쓱하게 깨달으면서 얼마 전 읽었던 김연수 작가님의 인터뷰를 떠올렸다. 코로나19 때문에 아무리 많은 사람이 희생된다고 하더라도 우리는 끝내 안 죽고 살아남아서 뭔가를 만들어낼 거라고. 사람들이 살려고 하는 힘은 없어지지 않을 것이라고.

"재택근무가 좋은 사람도 있겠지만 혈기왕성하고 어린 두 자식이 집에 있는 저는 너무 고통스럽습니다. 거실에서 노는 두 아이들이…… 펄떡이는 활어처럼 보여요." 뭔가 끔찍한 것을 상상하는 얼굴로 어느 분이 이런 말씀을 이어갔고 우리 모두는 복잡한 마음으로 웃었다. 고통스러운 이야기인데 하는 사람도 듣는 사람도 이상한 즐거움이 일었다. 인간은 어쩌면 이런 식으로 생각보다 아주 오래 살아나갈지도 모르겠다고 생각해본다. 절망과, 희망과, 소소한 좋음과, 끔찍함 사이를 왔다 갔다 하면서.